醉了，戈壁

一个葡萄酒家族的梦想年代

刘沙 著

学林出版社

contents

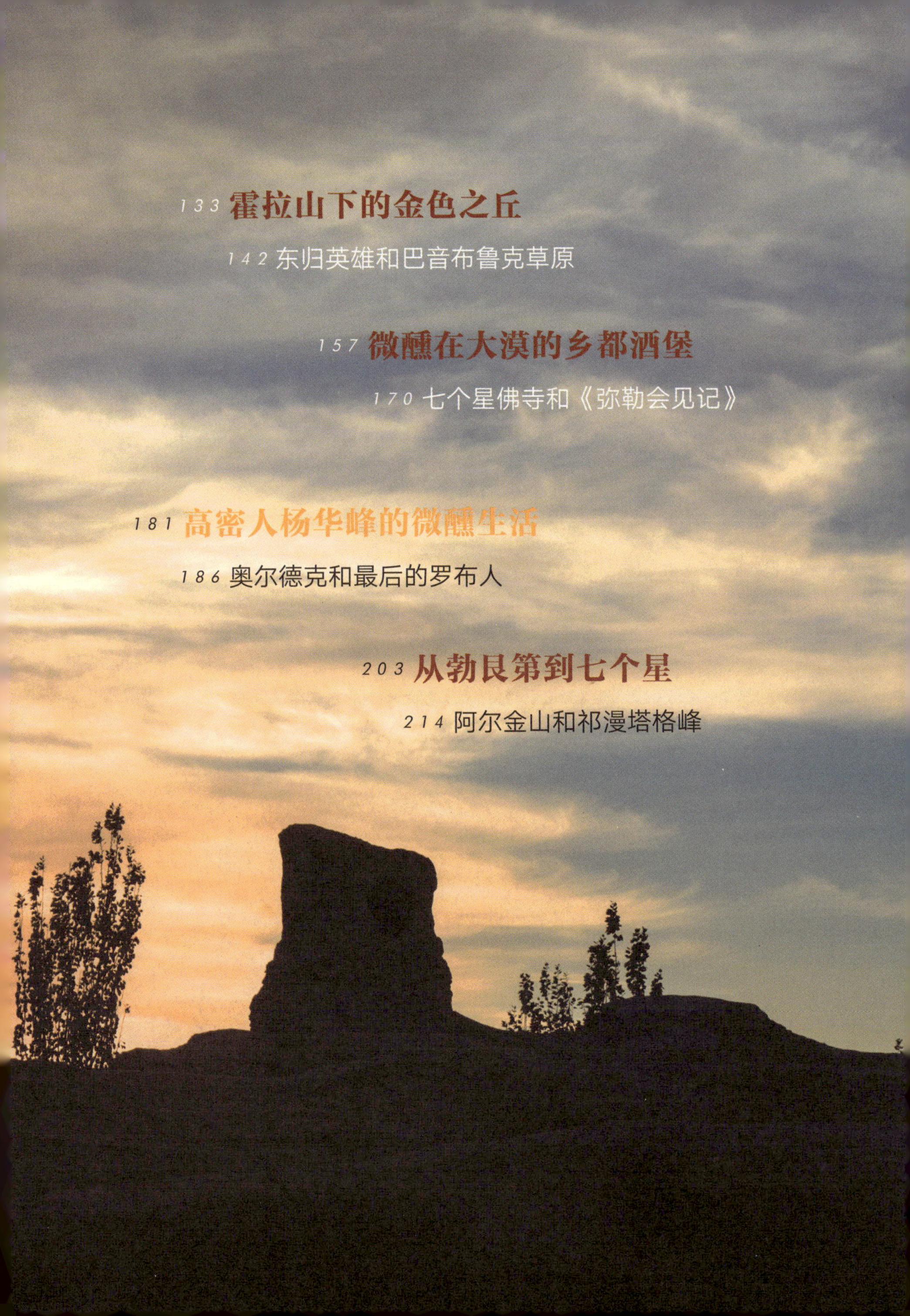

李瑞琴的戈壁情怀

新疆的焉耆，早在秦汉时代便是著名的三十六国中的一国，

更是古丝绸之路上的重镇，

而近年开掘出的七个星千佛洞遗址，

又让人们确信这里还曾经是著名的佛缘之地……

然而，边关不再古月陨落，金戈已折铁马远去，

曾经的灿若星辰如今亦早已黯然……

直到很多年以后，一个叫李瑞琴的人，让这片在现代人眼中已经渐行渐远的土地，重新又回到了今天这个世界的视野里。绵延千年的茫茫戈壁，亘古至今的不毛之地，竟让李瑞琴奇迹般地弄出了一片绿洲。千里戈壁万亩葡园，整整二十年的付出，由李瑞琴领衔的仪尔乡都酒业成了中国葡萄酒产业链上一颗光芒四射的绚丽明珠。

比如法国勃艮第“波玛酒庄”庄园主、CFPPA国际葡萄酒学院教授多米尼克以及澳大利亚的园艺师丹尼尔，便是从仪尔乡都酒业这扇窗看到了中国葡萄酒的未来而相继成为李瑞琴的合作伙伴，如今他们分别受聘为仪尔乡都酒业的酿酒师和农艺管理师。

今天，四万亩葡萄园，年产千吨葡萄酒，万吨规模的法式酒窖和三百万株防风林终于成就了李瑞琴这个曾经的农民的一个伟大的梦想：“我要酿出中国最好的葡萄酒。”

在遥远的二十年前，已从农民转型成为一个成功商人的李瑞琴，怀揣着一个更加宏伟的梦想，来到法国考察葡萄酒产业的发展和方向，她立志要把千里戈壁滩变成万亩葡萄园。那一年，李瑞琴带着全家人再一次义无反顾地走进了茫茫的戈壁滩，开始了又一次垦荒创业。她的儿子至今都记得当年跟着妈妈在戈壁滩上住井房的情景：“冬天的夜里，呼啸的寒风在井房里肆虐，冷得我们整夜睡不着觉，只好半夜里起来生火炉，又怕火炉燃起来，只好一家人围在一起轮流迷糊着；而到了夏天，整个戈壁滩就变成了一个大火炉，而且只聚热不散热，到了夜里，井房里酷暑难耐，一家人只好站在夜空下数星星……”

几个春秋几度寒暑，凭着辛勤忘我的付出和执着坚定的信念，李瑞琴终于让戈壁滩变成了绿洲，白杨树枝繁叶茂、绿树成荫，葡萄树郁郁葱葱、硕果累累……李瑞琴带着她的家人和团队愣是在戈壁滩上，种出了葡萄酿出了酒，创造出了前无古人的奇迹。

就在李瑞琴打开香槟庆祝她在戈壁滩上种出了葡萄的那一刻，我正从巴黎前往博讷的葡萄园。博讷小镇主席杜瓦尔亲自陪同我参观，当时我问他，中国人如何能提高葡萄酒的质量，酿出自己的好酒。杜瓦尔不假思索地说，中国不缺少葡萄生长的环境、土壤和气候，最好的办法就是派人来法国学习酿酒和栽种葡萄的技术……后来我知道，几乎在我从第戎去博讷的同时，李瑞琴把她的儿子邹积赟送到了博讷学习葡萄酒。人们不得不佩服李瑞琴的眼光和对市场的把握，虽然当时重新创业的李瑞琴，几乎将她这些年做生意挣来的所有积蓄全都投进了茫茫大戈壁，最窘迫时口袋里只有两元现金。但李瑞琴依旧义无反顾地将儿子送出了国门，因为李瑞琴的志向不仅仅是要在大戈壁上种出葡萄酿出酒，她还要酿出世界上最好的酒，她要让她的乡都成为中国的拉菲。

今天，早已学成归来的邹积赟不仅带回了法国的酿酒技术，更将著名的勃艮第葡萄酒的文化、酿制技术和精神带到了中国，带进了仪尔乡都，使得乡都葡萄酒的品质和口感在洋溢着浓浓的中国味的基础上，也弥漫起了些许法国勃艮第的味道。后来的事实不断证明，他在法国学的酿酒知识，对乡都葡萄酒品质的提升以及市场的知名度和销售起到了根本性的作用。

2014 年金秋 10 月的一个午后，我和李瑞琴徜徉在仪尔乡都的万亩葡园，听这位如今的中国葡萄酒行业的领军人物讲她和乡都的故事……

李瑞琴出生在一个“特殊”的家庭，因为她母亲当年做了一件不寻常的事——带着二嫂一起出嫁，母亲的二嫂就是李瑞琴的二舅妈。

李瑞琴说：“母亲自幼失怙，从小跟二舅一起生活。二舅过世后，二舅妈为了抚养小姑子，一直没有改嫁。长嫂当母，没有子嗣的二舅妈将小姑子当亲闺女一样养育。母亲结婚时，考虑到二舅妈已年近五旬，一个人生活多有不便，因此向李家提出一个条件：带二舅妈一起上门。李家认其孝义之心，便同意了……从此二舅妈成了李家的一员……”

李瑞琴十三岁那年，母亲因难产大出血而离去。由于父亲常年在外工作，母亲的离去，意味着家里的顶梁柱倒了，幸好家里还有一个慈爱的二舅妈。而二舅妈真是个“苦命人”，好不容易养大了小姑子，却没享过一天福，现在又要接过小姑子遗留下来的重担，养育下一代。但她同时也是一个伟大女性，将传统女德发挥到了极致。她用大半生心血，无怨无悔地抚养了没有血缘关系的两代人。

李瑞琴说，二舅妈是对她一生影响最深的人。从二舅妈身上，她学到了怎样做人。为了便于生活，一家人不得不一分为三：父亲领着两个儿子出外谋生，二舅妈带着李瑞琴和四岁的二妹守在家里，刚出生三天的小妹实在无力养活，只好送给一户没有子嗣的老两口。

李瑞琴十八岁那年已出落成一个水灵灵的大姑娘，上门提亲的人络绎不绝。二舅妈也劝她，该考虑终身大事了。可李瑞琴一想到年老的二舅妈和年幼的妹妹，心里就犯愁。自己出嫁了，家里留下一老一小这日子怎么过啊？

她对二舅妈说："我不出嫁，我就陪您过一辈子。"

二舅妈听了，感动得热泪盈眶，心想真没白疼了这闺女。可是，又哪能因为自己耽误闺女一生的幸福呢？二舅妈说："傻孩子啊，男大当婚，女大当嫁，哪有陪舅妈一辈子的道理？你必须嫁人。"

李瑞琴没有争辩，她忽然有了一个新的想法：要嫁就带舅妈和妹妹一起嫁。当年母亲带着二舅妈嫁到李家来，现在她从李家嫁出去，自然要带上二舅妈，妹妹也不能丢下。母亲若地下有知，一定会赞成的。

李瑞琴提出的条件，吓得媒人们倒退三里，也吓得那些求聘的人不敢再作此想。不是每个家庭都像李家一样乐意接受一个额外的"包袱"的，况且李瑞琴要带两个"包袱"。她凭什么呀，真拿自己当七仙女下凡了？农村人娶亲讲实惠，娶进门的女子关键要身体好、会干活、能生孩子，相貌只是参考指标。李瑞琴漂亮的外表为她加不了多少分，她提出的条件却叫人望而却步。那时富点的人家也不过是温饱水平，娶个媳妇添三张嘴，这条件太"苛刻"了吧！

又过去了几年，李瑞琴二十一岁了。在那个早婚年代，二十一岁就快步入"大龄女青年"行列了。她的婚事尚无着落，二舅妈心里暗暗着急，苦劝她放弃那个"苛刻"条件。李瑞琴绝不松口。她放出话来，别的条件都好说，出嫁必须带上舅母和妹妹，唯独这一条没有商量余地。

李瑞琴带着舅母、妹妹一起出嫁的择偶条件，不啻跟命运的一场"豪赌”。输了她的损失会很大，青春敌不过岁月，红颜挡不住时间，每过一年，择偶的筹码就会减少一分。

但为了报恩，为了尽孝，为了完成母亲的遗愿，她认为损失再大都值得。

董永行孝，感动天女下凡，那只是传说。李瑞琴行孝，没等来“白马王子”翩然而至，倒是等来了一个“黑马骑士”，他竟然爽快地答应了她的条件。

他叫邹本新。是本地一个富农子弟。“富”在今天是一种魅力，在那个时代却被划入“黑五类”。邹本新感觉在家乡颇受歧视，一气之下，只身跑到新疆焉耆定居，以农为业。

焉耆地广人稀，当时到焉耆的单身汉很多，当地的汉族姑娘却很少。邹本新二十八岁了还是光棍一条，于是趁回乡探亲时，打算物色一个女子娶过去。他看看李瑞琴的相貌，又打听了一下李瑞琴的人品，便十二分中意。李瑞琴提出的条件，也没让他觉得为难。他孤身在外，只愁家里太冷清，哪会嫌人多口阔？他倒是担心，新疆那么远，自己的“成分”又是黑不溜秋的不招人怜爱，人家姑娘会不会乐意？

李瑞琴瞧瞧邹本新，高大壮实本分憨厚，像个可托终身的人。既然人家答应了她的条件，她就不再犹豫，决定嫁！

邹本新听到这个消息，心里那个乐啊。

双方很快办好结婚手续，邹本新先赶回焉耆打点新房，准备迎娶新娘。李瑞琴料理好家里的事，按照约定的日期，去焉耆成亲。临到上火车，

她才意识到，她将要告别深爱的家乡，去一个传说中神秘而又遥远的地方，将命运托付给一个来不及看懂的男人。她无法想象，她将要面对怎样的生活？她无法想象，这桩婚姻是命运给她的一个祝福，还是一个可怕的诅咒？

对新生活的向往，对莫测命运的忧惧，在她心中翻腾纠结……她不知该喜该悲，她表达情绪的方式只能是哭泣。七天的行程，她哭了一路，泪水洒了一路……

四十六年前的那个夏天，二十一岁的李瑞琴从山东掖县嫁到了新疆焉耆……来到了她认为是有着中国最长地名的新疆维吾尔自治区巴音郭楞蒙古自治州焉耆回族自治县七个星镇西戈壁哈尔莫墩村，嫁给了一个叫邹本新的人。她叫他老邹，这一叫就是四十年。

2018 年春天，李瑞琴带我去看乡都的枣树田，午后的阳光把层层叠叠的枣树映得油光透亮。李瑞琴说，看这光景，又是丰收年……我们正在枣树田里迈步，李瑞琴突然说，老邹就葬在这片土地下。我看李瑞琴走向一棵白杨树，挺拔而坚毅……大概老邹就在这树下，而在李瑞

琴心中，老邹一如这蓝天下的白杨树，昂扬威武坚强不屈……

比李瑞琴年长七岁的老邹挑起了家里的生活重担，最关键的是他对李瑞琴和她带到新疆来的家人有着义无反顾的厚爱，这份厚爱让李瑞琴惦记骄傲了一辈子。她曾对采访她的记者说："老邹是我这辈子遇到的恩人，他永远是我心中的一棵大树。"

所有采访过李瑞琴的人都不得不佩服的是，她迄今为止所取得的一切成就和奇迹，竟然全都是在茫茫戈壁滩上创造的。用她的话说，四十多年来她就没离开过戈壁滩。

不得不说这个山东姑娘充满了智慧和胆识，更具备了敏锐和前瞻的目光以及义无反顾的坚定和魄力。在几乎所有人都只为解决温饱而劳作时，她率先办起了砖厂。只有一个目的，帮助大家尽快脱贫改善生活……改革开放后，政策鼓励致富，于是她从海宁引进皮革生意，成就了她的一份生意和事业。到了20世纪80年代末，李瑞琴的边贸生意做得红红火火，已经数不清她挖了几桶金了，反正她把钱换成了名车豪车，戈壁滩就是她的停车场……

当李瑞琴终于"功成名就"时，是因为她并没有停下来享受生活，而是面对手上一大把钱问自己，怎样让这些钱更有意义？

多年后，她告诉我，当年之所以要干农业而且是高新农业，是因为她心里明白，这可是国家倡导和扶持的，"跟着政策走"，这是她打拼多年总结出的经验。

李瑞琴经过考察，进而产生了一个大胆的设想：要在戈壁滩上种葡萄，在发展葡萄产业的同时绿化沙漠……焉耆七个星镇的西戈壁是片荒漠，废而不用的土地太多，要在戈壁滩上种葡萄……李瑞琴被自己大胆而有创意的想法感动得热泪盈眶。

李瑞琴说："没有事业，我就没办法活下去。"她的事业和梦想是在常人不敢涉足的地方，留下自己的脚印，实现人生的独特价值。于是，1998年秋天，她冒着失去一切的风险，踏入了荒漠戈壁，开始了一项前途莫测的事业……

那年，李瑞琴已经四十七岁高龄。

李瑞琴的这次创业，历时二十年，在贫瘠荒凉的南疆戈壁滩种出四万亩有机葡萄园，并发誓要酿出中国最好的葡萄酒，用匠心打造"中国酿造"的励志故事。

李瑞琴投资现代农业的想法，始于1995年。当时，她刚刚关闭了做了五六年的皮毛厂，决定潜下心来，经营一项世代传承的事业。凭着直觉，她选定了"高新农业"这个方向，希望用新的方式经营传统产业。

带着这样的思路，她走访了老家山东的一些企业。当时，烟台地区的葡萄酒业正在迅速崛起，葡萄种植也很兴旺。她想：为什么不能把葡萄酒业引到新疆来呢？因为当时除了长城、张裕等一些知名品牌之外，中国的很多葡萄酒并不是遵照国外葡萄酒的酿造工艺来进行生产，高品质葡萄酒少之又少。她觉得，新疆的葡萄质量一直特别好，用新疆葡萄酿造的葡萄酒肯定品质也很好。

于是，在定下用新疆优质葡萄打造"中国酿造"的主意后，她认定，种酿酒葡萄是一个可以传承下去的事业。

寸草不生的千年戈壁上，真能种出葡萄吗？大胆假设之后，还要小心求证。她多方奔走，向专家们征询意见。历时半年多，经过国内外土壤、水文、农业、葡萄种植、葡萄酒酿造等不同领域专家考察，结果出来了。专家们惊喜地发现：西戈壁的土壤通透性好，氧化性强；地下水资源丰富，水质极佳；且该地区位于中纬度温带地区，日照时间长，热量丰富，昼夜温差大，是出产优质葡萄和顶级葡萄酒的地方。

为了论证这一结果，李瑞琴先后砸进去二百八十万元。她的梦想终于有了实现的可能性。当然，专家的论证书上，西戈壁水、土、光、热、气等自然条件很好，适宜种植优质葡萄，这一切都还只是理论上的推理，并没有考虑成本投入的合理分寸。

在李瑞琴决定种酿酒葡萄的时候，就隐隐有一个想法：以优质有机葡萄种植为基础，酿造中国最好的葡萄酒。为此，她特意拜访了国家农科院研究员晁无疾。

身为中国农学会葡萄分会会长、著名葡萄种植专家的晁无疾说：“你要想做百年企业，就先安心种好葡萄。你要知道，中国的葡萄酒，十年后是原料的竞争，谁掌握了优质原料，谁就可以做出好葡萄酒。”

她回答说：“我想做一个百年品牌。”

晁会长说：“那你回去吧！三年之内，只问耕耘，不问收获。等葡萄结果了，你做出来的酒一定是最好的。”

晁会长指出的发展路径，与李瑞琴的思路不谋而合，也让李瑞琴吃

了一颗“定心丸”。当葡萄园结出累累硕果，李瑞琴按既定思路，创办了新疆乡都酒业和高端葡萄酒品牌——仪尔乡都。当时，国家对葡萄酒还没有统一的质量标准，“三精一水”的勾兑葡萄酒还是市场主流。李瑞琴决定另辟蹊径，她为实现梦想确立了两条可行的路径：一是从原料上下功夫，利用新疆独特的优势，种出中国最好的葡萄酒原料；二是在技术上下功夫，借鉴法国顶尖的葡萄酒酿造工艺，融入中国消费者的口味和消费习惯，酿造高品质的葡萄酒。

但是戈壁滩的自然环境太恶劣了，生命力不强的葡萄像婴儿一样脆弱，如果一时照料不周，干旱、霜冻、洪灾……任何风吹草动，都可能让娇贵的葡萄毁于一旦。要把葡萄种出来，需要克服常人无法想象的困难，做令人生畏的巨大投入，没有坚定的信念、超人的毅力和过人的胆魄，再激动人心的梦想也照不进现实。

从1998年至2002年，开种葡萄的头五年，李瑞琴全家都驻扎在葡萄基地，带领工人们打井、修路、拉高压线、开沟、种葡萄苗、栽防护林、灌溉、施肥、修剪……年复一年，日复一日，将全身心扑在这块土地上。

卖房、卖车，投入全部积蓄，拓荒、劳动、四处筹集资金，几乎构成了他们生活的全部。创业的初始时光异常艰辛：最初一段时间，家里人甚至买不起蒙古包，只能在葡萄园支个帐篷守候；为了买肥料，大家竟然需要省下吃肉的钱。

二十年过去了，葡萄园从五千亩开始，一直种到了四万亩，成为全国最大面积的有机葡萄自有种植基地。为了建设和保护葡萄园，她还完成了多项令人咋舌的配套工程——修建道路一百二十公里，架设高压线路二十八公里，栽种防风林带三百多万株，打机井三十六眼，铺设节水灌溉毛管七百多万米……

李瑞琴做的每一件事，看上去都像是“奇迹”。

不仅如此，李瑞琴又提出一个更响亮的目标：乡都要做中国最好的葡萄酒，让“中国酿造”站上世界葡萄酒生产的舞台。

做中国最好的葡萄酒，让“中国酿造”走向世界。她的底气从哪里来？除了永不放弃的信念外，还有一个坚持，就是对“随身随性”酿造理念的坚持。

李瑞琴说：“在法国人眼里，葡萄酒不是工艺品，而是艺术品。你知道为什么吗？因为艺术品是不可复制的。同样道理，葡萄生长环境的复杂性，使每一株葡萄，每一年的葡萄，都不一样，酿造出来的葡萄酒也是不同的。我们学习法国人对葡萄生命的尊重，把一支有生命的葡萄酒品牌的理念以‘随身随性’的方式贯穿在葡萄酒生产中。所谓随身，就是在葡萄种植中，不人为干预葡萄的自然生长，让葡萄在自然状态下结出果实。我们四万亩基地中每个产区，针对不同的产量、不同的品种，都有不同的种植管理。而随性，便是在酿造过程当中不改变葡萄原有风味，根据原料自有特点进行酿造。”

新疆焉耆有天然的水、土、光、热、气等自然资源，仪尔乡都在后天酿造过程中遵循葡萄本身的特性，以精心的孕育、培养、酿造，让葡萄的生命在葡萄酒中延续。而他们这种尊重生命的理念也得到了国外葡萄酒专家的肯定。

“中国有真正意义上的葡萄酒吗？”当国际葡萄与葡萄酒组织主席费·德里科·卡斯特卢琪第一次访问中国新疆时，

TIPS 01

乡都

名字来源于法文“LES CHAMPS D'OR”的音译，法语意为“金色的田野”，中文意为“葡萄故乡，美酒之都”。

TIPS 02

乡都安东尼

此款酒选用赤霞珠葡萄精酿而成。由于乡都庄园得天独厚的自然条件，在乡都安东尼这款酒中，赤霞珠所有的精华几乎被酿酒师们提炼到了极致。极致的表现在于，此款酒入口即圆润、回味则柔和，丝绸般细腻滑爽的酒质以及强烈而馥郁的红浆果味，则会让人情不自禁地沉浸于法国梅多克地区那些有着三百年历史的家族庄园中。

01
乡都酒业
01

TIPS 03

乡都金贝纳

同样是一款采用优质赤霞珠葡萄酿制的好酒，酒体年轻有活力，尤其是入口时会在瞬间聚起的赤霞珠特有的细腻和香醇，令几乎所有第一次喝这款酒的人难忘并从此爱上它，乡都金贝纳是我迄今为止喝过的性价比最高的一款酒。

TIPS 04

乡都典藏

由乡都葡萄园限产赤霞珠葡萄精酿而成的这款酒，真是名副其实值得典藏。此款酒经法国原产橡木桶窖藏，酒质稳定丰厚，酒体则呈现出优雅高贵的深宝石红色，入口即香气四溢，并会禁不住在舌唇间弥漫，亦如品鉴宝石般回味无穷。

头脑中还带着欧洲人传统的、固有的偏见。此外，在戈壁滩种葡萄、办酒厂，更是让他觉得不可思议。2004年，当他应邀来到天山南麓戈壁葡萄园中的乡都酒业，他挑剔的专业眼光，在仪尔乡都葡萄酒极为讲究的工艺面前变得柔和起来。在地下酒窖，细品那红宝石般的酒液后，他的偏见变成了欣赏，连呼："想不到！想不到……"

相对于法国酒庄百年以上的种植与酿造历史，仪尔乡都品牌的一切都太年轻了，没想到如此年轻的酒，品质竟如此优异。他说，仪尔乡都让他重新认识了中国葡萄酒。这真是"上帝的礼物"。

仪尔乡都葡萄酒不仅征服了专业而挑剔的法国人，也接连斩获各种大奖，获得了国际上的各种认可：2004年，仪尔乡都获得绿色食品及有机食品双认证的葡萄酒品牌。同年，仪尔乡都的"安东尼"干红葡萄酒荣获"亚洲葡萄酒质量大赛银奖"。仪尔乡都的"品丽珠"干红葡萄酒还曾入选法国《贝丹德梭葡萄酒年鉴》。

在李瑞琴开荒种地二十年后，仪尔乡都的“安东尼”干红葡萄酒、“典藏”干红葡萄酒和“品丽珠”干红葡萄酒荣获著名的《GILBERT&GAILLARD》葡萄酒杂志2016国际葡萄酒大赛金奖。

南疆的千年荒漠上

一个叫李瑞琴的农民

用了二十年的时间

从无到有开拓出了四万亩有机葡萄园

一个前所未有的人类奇迹便这样在中国的新疆

诞生了……

神秘消失的焉耆古国

每次踏上焉耆的土地，

便仿佛穿越回了历史深处……

就如英国探险家斯坦因当年在他的

《西域记》中写的：

走在焉耆的博格达沁，

感受着这座古城的空气，

时光便会停滞……

在斯坦因的祖国英国出版的《剑桥中国地理史》一书中是这样描述焉耆的：它是一个建立在绿洲上的农耕生活形态的城郭，是汉通西域北道必经之地。那里土地肥沃，种有稻、粟、麦，兼畜牧；那里的人有喝葡萄酒的习俗，也热爱音乐；那里资源丰富，文化发达，佛教在其间有着很高的地位和众多的信徒，佛教艺术也曾繁盛灿烂；那里盛产胭脂，也盛产良驹，还有鱼盐蒲苇之饶……

那个地方就是中国古代著名的焉耆国，现在的新疆巴音郭楞蒙古自治州焉耆回族自治县。

知道历史的朋友应该知道焉耆国，它是古代西域三十六古国之一，曾是古丝绸之路上的重镇。当年玄奘去印度取经，从高昌国向西出发，第一个到达的就是焉耆国。

在《大唐西域记》中，玄奘曾经对焉耆国有过这样的描述：“焉耆国的幅员，东西有六百多里，南北四百多里。焉耆国的都城叫做员渠城，方圆6里以上，四面有山作为屏障，道路艰险难行，因而易于防守。焉耆国境内泉水溪流交织如带，水便被引来灌溉田地。那里四季气候温和，舒畅宜人。焉耆人风俗淳朴，互相真挚相处。国境内有寺庙十余座，僧徒有两千多人。他们研习的是小乘佛法，所有信徒都恪守戒律仪轨，持身清洁，刻苦勤奋……”

焉耆国具体位于今天新疆焉耆县境东，是一个绿洲农耕生活形态的城郭。从焉耆县向西北行走三十公里，就会看到一处保存着很多古代遗址的地方。这就是著名的七个星千佛洞遗迹。

“七个星千佛洞”由南、北两个寺院遗址和一个小型的石窟群组成。南、北两个寺院的规模非常大。这两座寺院都是由大殿、僧房、佛塔等建筑构成的，建筑物的墙采用土坯间杂苇草的砌筑方法，大概是唐朝到元朝期间的建筑遗址，但开创的时间至少可以上推到南北朝时代。

在北大寺西北山的南面，大约开凿了十所石窟，有的与别处的洞窟相同，但有的构造就显得比较特别，例如有些洞窟的地面当中设置了一个长方形低坛，低坛的后面立着一个大背屏，直通窟顶，环绕着这个低坛。这种洞窟是模仿寺院殿堂所做的作法用的佛坛窟，除在焉耆东边的敦煌莫高窟晚唐与五代时期大型佛坛窟中有相似的形制，就只有焉耆才有，别处没有发现类似的石窟。另外，焉耆佛坛窟顶部还绘有云朵纹、缠枝花纹、波状套连的枝蔓图案、菩萨、化生童子等等，都具有强烈的汉族艺术风格。

公元692年，武则天把焉耆确立为安西都护府下面的四镇之一，汉人在焉耆的活动很频繁。所以，专家考证，七个星千佛石窟里的汉族风格，可能就是在那段时期由汉族僧侣传到这里来的。七个星千佛石窟里还可以看到龟兹风格的菱形方格纹，这表明，东来西往的佛教僧侣，都在焉耆这个沙漠北道中的重镇留下了深深的文化烙印。

西汉初年时，焉耆国是匈奴的附属国。公元前60年，汉朝设置西域都护，在焉耆西南的乌垒城驻扎军队，监视和保护丝绸之路北道的各国。

东汉初年，焉耆被莎车国征服，沦为莎车国的附属国。公元75年，焉耆国又被匈奴的残余势力征服。直到公元91年班超到达西域，汉军攻入焉耆，焉耆王元孟遣子入汉为质，表示归顺。三国时期，焉耆国渐渐强大，成为丝路北道的大国。

唐朝时，焉耆国与唐朝加强了联系，武则天就在焉耆设立了西域都护府，焉耆成为唐安西都护府下属四镇之一。但唐中期爆发了安史之乱，对西域的控制力下降，吐蕃趁机攻占了焉耆。不久，回鹘打败吐蕃，焉耆归属漠北回鹘汗国，国王与回鹘官吏共同执政……

13世纪末，回鹘人的畏兀儿王国灭亡，焉耆也结束了独立或半独立的时代，不再以国的形式存在了。

焉耆除了七个星千佛古寺外，最著名的应该是马匹了，焉耆马被誉为宝马良驹。很多人都知道当年的大宛国有号称“天马”的大宛马，却很少有人知道焉耆马也是久享声誉的优良马种。早在汉朝时，焉耆马就在中原和西域享有盛名，到隋唐时，焉耆年产马达十万匹。

焉耆马以耐走、轻捷、灵活、平稳等特长在中原和西域享有盛名，能与驰名天下的伊犁马相媲美。后来焉耆马又与中亚马杂交，使其特性更加明显。

焉耆马的身架紧凑适中，马头秀丽壮美，马眼炯炯有神，马耳长而威风凛凛，鼻孔大有吞千里之势，嘴腭宽有尝百草之福，四肢长而壮实，蹄形小而善奔驰……焉耆马特别善走，甚至初生幼驹即行侧步，故有“焉耆马胎走”之美誉。

关于焉耆马还有一段神话传说。焉耆的博斯腾湖，古代称之为西海。掌管西海的西海龙王有三个儿子，心地都非常善良。有一年，焉耆地区火神当值，大地久旱，牧草枯萎，人畜都饿死了。西海龙王的三个儿子看着不忍心，背着父亲，违反天条，吸贮了西海之水后腾空而起，行云布雨。骤然之间，天地间风驰雷鸣，瑞雨普降，一昼夜，三位龙子就用甘霖驱除了旱灾，拯救了焉耆。尽管三位龙子做了好事，却冒犯了天条，因此被贬为马，放逐焉耆。龙王之子所化的神马，与凡马代代交配繁衍，焉耆从此遍布神骏。因为这些马是龙王之子的后代，焉耆人于是就称之为“龙驹”和“海马”。

虽然这只是神话，但事实上，说焉耆马是“龙驹”，是因为它善于奔驰。一匹好的焉耆马，每天可跑三百公里。古时，驿站从新疆往北京传递消息，用的是每天一千二百里的加急传递，奏报五六天必须到北京，而皇帝的命令也必须五六天传到焉耆。当时用的就是几十匹焉耆马接替传递，保证了奏报、旨意传递的时间。因此，焉耆马闻名天下，被称为“龙驹”。而且，焉耆马勇于爬山，善于涉水，走过一遍的路一辈子也忘不掉，就像龙一样有灵性、聪明。

而之所以称焉耆马为“海马”，是因为焉耆马善于游泳。如果必要的话，焉耆马游上个三十公里都不成问题，而且能驮着主人一起游，还能驮上主人的行李潜游。焉耆马游泳的姿势也十分美丽大方，就像一条龙在水中飞跃，由此人们才称其为“海马”。

还有一个原因，是因为焉耆马善于在博斯腾大冰滩上行走奔跑，拉车载人。冬天的焉耆地区，博斯腾湖会整个封冻。形成的冰滩被当地人称为“大海子冰滩”。别的马在这种冰滩上行走，必定摔倒，寸步难行，而焉耆马却能健步如飞，绝不会摔倒，而且能在冰上赛跑，拉车拉爬犁，拉载几百斤重车……

在焉耆，还有一处古迹是要去朝拜的，那就是汉代焉耆国的都城，也是唐代焉耆都护府所在地遗址，即博格达沁。

整个博格达沁古城略呈长方形，占地六平方公里，现存的城墙均呈现出平直坚实的姿态。

据史书记载，焉耆国土壤肥沃，生产稻、粟、麦，有鱼盐蒲苇之饶，还出产枣、葡萄、梨等水果。这证明农业是当年焉耆国重要的生产手段和生活来源。而农业的前提是水源。因此，博格达沁古城的护城河在这方面起到了极其重要的作用。

在博格达沁古城还叫做员渠城的时候，焉耆人就是在护城河中取水。但到了唐代，博格达沁古城的居民发生了变化，唐代焉耆国的都城成为一座军城。守夜的士兵在坚实的城墙上巡逻，时刻防卫敌人的袭击。博格达沁古城的护城河，从保障生活的源泉变成防御敌人的屏障。

博格达沁古城残存的古城墙，从地面起算，大约有十几米高，长约二十米，厚度也有五米左右。由此可以想见，当年的员渠城刚刚建成时，整座焉耆都城该是何等雄伟壮观。

整个古城里还剩有三四处残余的城墙。每处城墙都有许多的洞穴，大概有贮藏室作用，也可用来躲避箭矢。在东南角和西南角分别有两处很开阔的缺口，宽约 10 米，可能是当时两处城门所在。

博格达沁古城的中部还有两个大土堆，是城中主要建筑坍塌后的遗留物。古城周围有许多防卫建筑，都是用巨型土坯垒砌的堡垒状建筑。内有高台、住房，外有围墙。

焉耆人喜欢经商谋利。据《魏书 · 焉耆传》记载：“其珍奇异玩殊方谲诡不识之物……举国臣民负钱怀货。”反映出焉耆当时很重视商业，市场极其繁荣。

在博格达沁古城，曾出土过汉代五铢钱币，另有唐代“开元通宝”“大

TIPS 01

焉耆

焉耆地名来自《汉书·西域传》的焉耆国，又称乌夷、阿耆尼，新疆塔里木盆地古国。清朝光绪二十五年设焉耆府，1950年成立的焉耆专署就是现在巴音郭楞蒙古自治州的前身，只是治所由焉耆迁于库尔勒。

TIPS 02

焉耆马

焉耆马出产自焉耆古国，温驯敏捷，体质结构坚实，毛色有骝、黑等色。焉耆马被誉为宝马良驹。很多人都知道当年的大宛国有号称“天马”的大宛马，却很少有人知道焉耆马也是久享声誉的优良马种。早在汉朝时，焉耆马就在中原和西域享有盛名。到隋唐时，焉耆年产马达十万匹。焉耆马以耐走、轻捷、灵活、平稳等特长在中原和西域享有盛名，能与驰名天下的伊犁马相媲美。后来焉耆马又与中亚马杂交，使其特性更加明显。

历元宝”“建中通宝”等钱币以及波斯萨珊王朝的银币。除此之外，金铜饰件、料珠、石珠也有发现。遗址中发掘出的罐、瓶、盘、杯、灯、锅等陶器也很多，属北朝和隋唐遗物。还有汉代的铜镜、包金铁剑、金带扣和装饰品等物品。其中，金质带扣在我国现存只有两个，博格达沁古城里就发掘出了其中一个。

博格达沁古城北有天山做护卫，西有霍拉山为屏障，南有库鲁克山为扼咽喉的铁门关，东有博斯腾湖为依托，是一块攻可胜、退可守的重地。从城池的选点到建筑设计规划，无不看出焉耆统治者的良苦用心和建筑师的精湛技艺。

一千多年过去了，员渠城变成了博格达沁古城。当初辉煌一时的古焉耆国都此时已被盗挖者掘得一塌糊涂。宏伟之城在风霜雨雪的侵袭和盗墓者的盗挖下，变得千疮百孔。

在未来的某一天，当这所有的一切消失殆尽，焉耆国，或许也将无处可寻……

一段叫“岁月”的家族史

很喜欢早年一部英国的电视剧《待到重逢时》。它讲述了一个葡萄酒家族从一战到二战结束这个大时代里的年华岁月……当我听李瑞琴讲述乡都的故事和它二十年的风云际会，我便情不自禁地想起了这部英国电视剧。

乡都仪尔庄园以及李瑞琴和她的孩子们的二十年奋斗创业史，完全可以写成一部精彩的中国葡萄酒家族创业和奋斗的故事……这其中的喜怒哀乐、意乱情迷，同样演绎了我们今天这个大时代的精彩纷呈……

我喜欢把这种家族创喻为梦想年代。因为只有梦想，才能让这个年代精彩；也只有梦想，才能让生活滋养起来……尤其是对于葡萄种植这样周期长、收益慢的产业来说，只有坚持梦想、长期投入，方能功到自然成。而欲造百年老店和品牌，依靠的不仅仅是企业家本人的战略眼光，更需要整个家族的持续付出。

在今天这个以快打慢、纸上富贵的浮躁时代，李瑞琴则以一个大家长的胸怀，秉持一颗创业初心，打造了一个令人羡慕的家族共同体。

家族精神和规则意识，正是乡都酒业实现逆周期生长的成功秘诀，而时间往往便是最好的试金石。

二十年里，有多少人前赴后继在新疆种葡萄呀，少则几百亩多则数千亩，然而坚持下来的却没有几人，而李瑞琴的新疆仪尔乡都庄园却坚持了二十多年……

今天，仪尔乡都庄园已成长为全产业链公司，涵盖有机葡萄种植、葡萄酒酿造、葡萄籽提取物深加工、葡萄酒与保健品的销售及旅游业务。

直到现在，每年春天，李瑞琴仍然带领上百位员工在葡萄园中植树。自然环境的恶劣使得乡都的葡萄园不打农药，却不生病。经过科学种植，不使用化肥，葡萄长势良好。当年的法国技术合作方，从开始的种种质疑，到最后佩服乡都的学习力。在盲品中，现在的欧洲人不敢相信这样好的葡萄酒，居然产自新疆戈壁滩上的仪尔乡都庄园。

戈壁能够变绿洲，这与创始人李瑞琴的立志、超强学习力和倡导全家做事业密切相关。

1997年，李瑞琴捕捉到农业新商机，于是富甲一方的她再次出发。1998年开始布局，速度如急行军，1999年李瑞琴便带着当地领导、葡萄种植专家去法国考察。

在法国，一进酒庄，人家就说这是我爸爸的爸爸做的酒，这是我爸爸的爷爷做的酒，这是我爷爷的爷爷做的酒……他们那种自豪感深深打动了李瑞琴，从那时开始，李瑞琴就立下宏志，要用三代人来做一个中国品牌的葡萄酒。

“我这代人种葡萄，第二代做葡萄酒，第三代打造葡萄酒品牌。”

1999年，李瑞琴从法国考察回来后，立刻就把二儿子送去法国学习酿造葡萄酒。在李瑞琴眼中，乡都葡萄酒一直是有生命的葡萄酒，从十月怀胎（种地）至一朝分娩落地，然后慢慢养育成人。李瑞琴说，这种生命力便来源于乡都是家族企业。在这二十年里，李瑞琴家族两代人同时创业。起初，丈夫邹本新负责葡萄园种植，大儿子当兵回乡都，二儿子大学毕业回乡都，女儿做了八年公务员也回乡都。如今每个人能力都很强，各自在关键岗位就职。

说起往事，李瑞琴仍然感动。她特别感谢儿媳妇李晓云，且不说从遥远的都市投身于戈壁滩，从小白领变成了种地媳妇，任劳任怨，甚至在看不到前景、需要继续投资时，主动要求把婚房卖了投资在地里。

李瑞琴曾跟儿媳妇李晓云说："晓云啊，我太对不起你了，你跟着我就整天生活在戈壁滩，连一个稳定的家都没有……"

李晓云却说："董事长您一定不要内疚，亲情在哪，家在哪……"

李瑞琴家里的每个成员，都在为乡都贡献一切可以贡献的力量。女儿邹晓丽在任职公务员期间，甚至只留下少量生活费，把工资全部投到葡萄园中。李瑞琴经常说："作为家族企业，一定是把亲情、友情、爱情等各种情放在一起，大家共同把事业当成自己的事情往前推进。李瑞琴极其认同柳传志的家文化理念："联想要做成没有家族的家族企业。"她对自己的定位也很清晰。她说："我既是小家的家长，又是企业的家长。我一定要从心里面把员工当成家人来对待。员工不是机器，而是有血有肉有情义的一个活生生的人。"

李瑞琴曾总结心得："家族企业决不等于家长制，绝对不是家长发号施令，在那一言九鼎瞎指挥。而是家族成员要有使命，有能力，有德行，齐心协力于某项事业，并且代代传承事业，从而吸引一代代高管人才不断加盟事业……"

如今在乡都，由非职业经理人出任的高管职位包括首席财务官、技术总监、澳大利亚技术顾问等。李瑞琴的几位国家退休干部姐妹甚至也加盟了乡都，她们的合作也越来越默契。

正是因为作为家族企业对事业的长远规划和长期坚持，仪尔乡都庄园获得汉能投资集团、盛景嘉成母基金等专业风险投资，同期乡都按工龄给予员工股权激励。

在家族企业中，制度固然重要，然而人类自私的贪欲并非制度所能约束，更需道德教化，尤其需要中国儒家文化传承。在乡都企业文化中，没有深奥远大的宏伟愿景，只有通俗易懂的传统文化。李瑞琴对慧谷家族企业研究院表示，面对投资人、员工和家人的信任，作为50年代出生的人一直保有一颗良心、一颗爱心、一颗感恩心、一颗责任心来回报所有信任自己的人。

谈及传统文化，李瑞琴特别感恩于将其带大的舅母。虽然舅母大字不识，然而李瑞琴从小就听她讲述孟母三迁、孔融让梨、骑墙记等儒家经典故事。在李瑞琴出嫁前的十年，舅母带着她和妹妹曾搬家三次，只为挑选一个人品好、又和睦的人家。“孝”是中华文化的根基，不孝一代传一代，对于《一只木碗》的孝故事李瑞琴至今记忆犹新。

李瑞琴自我调侃：“我们的事业不算成功，大家都在努力；但是家庭和睦是我们当地的榜样。”令李瑞琴自豪的是，她的第三代已深深地为家族事业自豪。她的长孙李思凝上幼儿园时就主动推销奶奶的产品，她对小伙伴们说：“你们喝红酒吗？我奶奶种的葡萄不打农药不上化肥。”现在，李思凝的最新理想是“接奶奶的班，当董事长”。在李瑞琴的创业史上，家族永远是一群灿烂的星辰，每一个人都如戈壁大漠湛蓝的夜空上那闪烁耀眼的星光，璀璨夺目……

邹本新，一个默默无闻地陪伴李瑞琴走过最艰难岁月的山东男人，李瑞琴生活上、事业上的支持者，也是李瑞琴精神上的一根大柱。2010年他不幸因癌症去世，但仪尔庄园的每一株葡萄、每一块地头，

都留下他的目光和脚印，他的精神已经融入乡都的血液，成为激励后来者的一面旗帜。

李瑞琴对老伴怀有很深的感情，对他在生活上、事业上、精神上的支持也时刻不忘。她说："老邹是一个非常淳朴善良的人，幸亏我找了他，我们两个人的性格是非常互补的。他就像一头老黄牛，苦活累活全是他干。企业的功劳全归了我，其实苦劳全是他。"

乡都的老员工对老邹也怀有深厚感情，他们说："他就像隐身人一样，你能感觉到他的脉搏与葡园的心脏一起跳动，却很难看见他的真人。老邹最爱说的一句话就是，不管咋样，我永远是个农民。

"老邹朴实得就像那漫山遍野葡萄藤蔓上的葡萄叶一样，你辨不出这片叶子与那片叶子有什么两样，可就是这叶子不分昼夜为葡萄输送着最丰富的营养……"

在新疆，李瑞琴的名字已经与乡都葡萄酒融为一体、不可分割。给她巨大精神支撑的，除了她那与生俱来的永不满足和追求完美的信念，还有一个李瑞琴永远都揣在心灵深处时时不忘的人，他就是与李瑞琴相濡以沫三十八年的老伴邹本新。从外表看，老邹是典型的山东汉子，高大严肃，不爱说话。家里来了客人，他总是笑笑，打个招呼就去忙他的活计了。他是那么不起眼，见十次面都记不住他的人很多。可是，就是这样一个沉默寡言的汉子，在李瑞琴 1998 年初创业的艰难岁月里，三九寒冬陪着李瑞琴住在戈壁滩搭起的帐篷里看守井房，三伏天带着子女们在地里查苗情、除杂草。

那时候，被李瑞琴戏称为"老黄牛""后勤部长"的老邹，在家是炊事员，进了牛场、鹅棚是养殖员，来到葡萄地是技术员。

开春了，他忙着给葡萄出土上架；入夏了，他忙着疏枝抹芽；秋天来临，他细心地查验葡萄成色；到了冬天，他又忙着埋土沤肥……眼看着戈壁滩上的葡萄从五千亩种到三万亩，防风林从二十八万棵种到二百五十万棵，葡萄结了果，杨树成了林……老邹修长的身板却日渐弯曲。曾有人问他，李瑞琴当初种葡萄的决定你支持吗？老邹笑呵呵地说，怎么可能支持，当初办皮毛厂挣的钱，孙子的孙子都花不完。但是，她既然决定了我只能支持，谁让她爱折腾呢。就是这份深情呵护、一路伴随支撑着李瑞琴种出了万亩葡园，建起了乡都酒堡，做出了驰名中国的乡都美酒。

2010 年 10 月初，已患晚期肺癌的老邹从病榻上支撑起来，最后一次走遍了浸透他半生心血的土地和葡园……如今只要提起老邹，李瑞琴依然情不自禁泪盈眼眶。她说："没有老邹，就没有我的今天……"

李卫，本名邹积斌。在邹家三个孩子中，他是老大。从小生就一股子犟劲，他想干的事谁也拦不住，他不想干的事谁也摁不住。

1991年，李瑞琴办皮毛厂、做边贸都做得非常好，钱赚得哗啦哗啦的。这时，李卫也算一个“富二代”了，家里不指着他挣生活费。他闲了一段时间，看见一个征兵公告，便试着报了名，没想到一下子验上了。他从小身体棒、体质好，是块当兵的料。名字也是那时候改的，自己取的名，保卫祖国嘛，这是当兵的人该干的活。李卫到了部队，如鱼得水，第一年就被评为优秀士兵，还立了一个功。李瑞琴虽然生意做得好，身体却累垮了。李卫是个大孝子，心疼父母，很快他就离开了部队，加入家族事业中。

从那时起，他多次出任“先锋大将”，专啃“硬骨头”。他戏称：“最难的问题都是交给我处理，最不好处理的事情都由我处理，我就是狗皮膏药，哪里需要就往

TIPS 01

李卫

仪尔乡都副董事长。李瑞琴的大儿子。从2009年开始，为了迎接互联网颠覆式的挑战，李卫出任“先锋官”，主攻网络营销。乡都二十年之际，李卫提出了一个雄心勃勃的目标：三年内电商销售过亿！

哪里贴。”在家族事业的每一个重要节点上，他总是冲在最前面，出现在最需要的地方。

李卫的第一份工作是跟母亲去阿拉山口做边贸，李卫的主要任务是在口岸上负责报关、接货、出货。那时边境贸易刚兴起不久，口岸的基础设施还很简陋，几间小破房而已。阿拉山口是一个有名的风口，气候的恶劣超乎想象，狂风卷着飞石，运行中的列车都不得不停车避风。每天在这个地方工作、生活，艰难的情景可以想象。李卫天性要强，越困难他越是斗志昂扬。在阿拉山口顶着强风接货、送货，困难不说，还有风险，被大家视为畏途，别人不愿上他上，不仅给自家接送货，有时还仗义帮别人的忙，每天乐此不疲，成了母亲有力的臂膀。

1998年，李瑞琴开始在戈壁滩上种葡萄。尽管经过专家论证，西戈壁的水土光热气条件非常好，适合种葡萄，但究竟能不能种成，还是一个未知数。成败的关键因素是打出地下水，没水啥都不用想了。

做论证，垦荒，花光了家里的积蓄，打井又得一大笔开销。李瑞琴决定，先别请专业打井队，自己打了试试，打出水来再正式上马。谁负责这项工作呢？重任理所当然地落在李卫肩上。李卫找了些会打井的四川人。茫茫戈壁，什么都没有，就这么一支十几人的施工队，一间简陋的房子，吃的喝的都要从大老远的地方弄过来。李卫亲自当厨师，做饭给大家吃，吃饱了跟大家一起没日没夜地干，干累了跟大家挤在小屋里歇息。苦干三个月，打下去一百米，终于见水了……

他对母亲说：“我们一家人都是农民出身，万一种葡萄不成功，大

不了我们再去当农民。把葡萄铲了，还可以种别的嘛。”他的“没心没肺”，给了全家尤其是母亲很大的精神力量，在大家的齐心协力下，葡萄终于种成功了。乡都酒生产出来后，李卫跟全家人一起，从焉耆一直拼到乌鲁木齐，终于打开了市场，打响了乡都品牌。

从2009年开始，他独立出来办了家采矿厂。后来，乡都开始搞电商。为了迎接互联网颠覆式的挑战，李卫被召回来，再次出任“先锋官”，主攻网络营销。做电商最重要的是思路而不是技术，技术人才随时可以聘请，好的思路却要自己拿出来。李卫刚接手此事不久，他的计划是从顶层设计开始，直到终端客户群体，设计一套切实可行的运营方案，再利用自己广泛的人脉，聘请专业团队，把事情做起来。

李卫提出了一个雄心勃勃的目标：三年内电商销售过亿！

你是否听过那霍拉山神秘美丽的传说
你是否见过那戈壁滩变成绿色的葡萄园
啊乡都的诗啊乡都的歌
汗水浇灌荒漠书写乡都创业的诗篇
你是否见过那神奇美丽的乡都酒堡
你是否品尝过芬芳醉人的乡都美酒
啊乡都的人啊乡都的情
甘洒热血青春共创乡都未来的辉煌
……

这是《乡都之歌》开头的段落，出自乡都营销总经理李晓云之手。

李晓云出身于知识分子家庭，受过良好教育。她曾经是一个清纯明净、喜好文学的“都市小白领”，谁能想到，多年后，戈壁的风将她历练成了一个商场上骁勇善战的“女侠”。

从琼瑶的笔下走到了梁凤仪的笔下，李晓云常说：“我是婆婆和丈夫再造的产物。”二十年前，生活在乌鲁木齐的她，竟和李卫一见钟情，后来她嫁到了南疆焉耆小镇七个星。眼前的一切除了陌生还是陌生，贫瘠的土地，生活和文化的巨大落差，还有面朝戈壁背朝天的日夜劳作，哪是一个生活无忧的时尚达人所能承受的？

可是，连她自己都没料到，可敬的农民企业家、婆婆李瑞琴的远大梦想感染了她，让她心甘情愿地成了乡都大家庭的又一个“追梦人”。

李晓云说："小时候很平凡地就长大了。1996年认识李卫，1998年结婚，我被那一纸婚书牵引，陪夫走天涯……我本是一个都市小白领，精神上物质上都蛮滋润，结果撇下一切跑到了库尔勒和戈壁滩上。凭着女人对爱情的向往，懵懵懂懂地跟着他奔赴了所谓的战场……我那时并不认为自己有多崇高的理想，只是随顺了一个传统女人的婚姻观而已。但是我也不甘于做一个平庸的闲置在家里的专职太太，也愿意努力去尝试一下。正好碰上这个节点，大家二话不说，卷起袖子就干呗。我的一个朋友说，我是从琼瑶的笔下走到了梁凤仪的笔下。这是个比较形象的比喻。我经常说我的人生可以分为两段，结婚前和结婚后。读着小说，留着长发，做着浪漫的梦……转眼间，整个角色都变了。"

李晓云刚从灯红酒绿的大城市来到粗犷寂寥的戈壁时，婆婆李瑞琴看了看她清秀的脸庞和纤弱的身子，私下对李卫说："你怎么娶了个像画上的人儿？"

"画上的人儿"一般形容女子的姣好，此时从李瑞琴嘴里说出来，竟似有几分贬义。那时葡萄园基地建设已提上日程，开荒种地的工作即将开始，最需要"一等劳动力"而不是"形象代表"，明眸皓齿、冰肌玉肤远没有汗水值钱。

没想到李晓云刚来就露了一手，画出了乡都葡萄基地第一个"十年规划图"，显示了自己不一般的才气。

李晓云说："经过早期的可行性论证后，董事长已坚定了将戈壁滩变成绿洲的梦想。于是我在最简陋的环境下，用最简单的工具，结合自

TIPS 02

李晓云

乡都酒业上海公司总经理。出身于知识分子家庭，受过良好教育。她曾经是一个清纯明净、喜好文学的“都市小白领”，谁能想到，多年后，戈壁的风将她历练成了一个商场上骁勇善战的“女侠”。

己曾经学过的绘图专业，开始在图纸上造梦，从一期到三期，想到多远，就画多少地块。每块地多大，打几眼井，拉多少高压线，种什么葡萄，栽什么树……后来在飞机上多次俯瞰葡萄园的地貌，与当年我亲手绘制的图纸绝无二样，彼时的心情，自是百感交集……”

从那以后，李晓云成了婆婆的“高参”，出谋划策贡献了一个个金点子。例如，乡都葡萄酒文化馆的全面策划创意、乡都品牌文化传播的方案设计等大多出自她之手并得以实施。她就像传说中的“田螺姑娘”，用不可思议的能力，助力着夫家的兴旺。李晓云的劳动表现也让人吃惊，看似柔弱的她，也和家人们一起挥汗大干，从没叫过一声苦，还给工人们送茶水、煮大锅饭……几年下来，葡萄基地初具规模，李晓云也从中体验到了劳动的辛苦和成功的喜悦。

葡萄种下去了，可葡萄酒生产出来了怎么卖？卖给谁？这又一道难题攻坚任务很自然地落到了营销总监李晓云肩上。“从卖第一瓶葡萄酒、建第一个市场开始，都是我一个人弄起来的。”

在外人看来，这是一件很难的事，但李晓云谈起这段创业经历却津津乐道。她说：“首先打库尔勒市场，一个人招两个兵，小范围内非市场化地卖乡都葡萄酒。在州委和州政府领导的大力支持下，我们获得了乡都历史上的一笔大单，五千瓶酒的销售，这也是乡都的第一场大仗。”

2004年，乡都葡萄酒的生产已经上了规模，李晓云又来到乌鲁木齐开辟新的市场。租几间房，招几个人，成立一个市场部，然后一个个代销点、一家家餐厅跑。李晓云领着业务员们，凭着不屈不挠的精神，最终在乌鲁木齐市场上确立了乡都的品牌。

2008年，李晓云再次出任“攻坚队长”，和小姑子邹晓丽一起，一头扎进北京市场。在北京打下基础后，第二年她又转战上海，兼任上海公司总经理。

作为一个女人，说强真强，其勇气毅力、精干睿智直追婆婆李瑞琴。说难也难，最难的也许不是工作，而是无法好好地安排家庭生活。她的小姑子深情地说：“十几年里，她一直没有固定的住所，她女儿的幼儿园就换了四个。而她从来不曾后悔抱怨，还安慰家里人说，人在哪家就在哪。”婆婆李瑞琴感慨道：“李晓云不是嫁给了李卫，而是嫁给了乡都。”

邹积赟出任仪尔集团总经理，不仅仅因为他是掌门人李瑞琴的儿子，在追随母亲创业的过程中，他已经向乡都人展示了他过人的实力，大家相信，他能漂亮地完成乡都梦的接力。

1996年8月，邹积赟刚从新疆大学经济管理专业毕业，就开始给母亲创办的兴兴皮毛厂“打工”，第一份工作是摆地摊卖上年积压的皮衣，很快便显示了出色的营销天赋。

两年后，李瑞琴转型种葡萄，邹积赟跟母亲并肩战斗，分享了每一份艰苦和喜悦。2001年，乡都酒业建厂之前，富有远见的李瑞琴将儿子送往法国学习葡萄酒酿造，这一去就是六年。这位乡都二代的留学生活远没有一般人想象的那般惬意。由于家里的积蓄都投到了葡萄种植和酒堡建设上，邹积赟在法国的留学生活过得艰辛窘迫，更让他焦心的是，语言不通，实习时法国酿酒专家对技术高度保密。执着的他只好一边废寝忘食学法语，一边想方设法去法国酒堡打工学艺，从葡萄的种植、管理、采摘、发酵直到罐装的每一个环节都亲自跟班操作，密切关注每一道工序，精细记录，反复琢磨……六年下来，他终于将法国人的葡萄酒酿造工艺秘笈逐一破解，回国后很快在乡都酒业挑起了酿酒技术的大梁，成为当时疆内少有的法式葡萄酒酿酒技师。

李瑞琴给予了儿子最高的评价：“如果说乡都是辆车，那邹积赟就是这辆车的发动机。”

有人形容说，邹积赟是将法国千年的传统工艺与新疆天山南麓焉耆盆地独特地域培育出来的葡萄完美融合的魔术师。

从法国留学回来后，他就担任主管生产技术的副总经理。乡都的酿酒技术队伍是他培养起来的，这也奠定了乡都发展壮大的基础。

乡都酒厂员工多数是当地农民子弟，文化素质不高，对葡萄酒知识一无所知。

葡萄酒酿造是一门专业性较强、包含多种专业知识的技术，对文化素质不高的员工来说学习难度很大。于是，邹积赟便用农民的语言，深入浅出，从最简单的知识开始培训员工，经常召集大家现场学习，边操作，边讲解……有人不懂就重复多遍，付出了百倍耐心，最终让每个员工都熟练掌握了岗位技术。

邹积赟的第二大贡献是将法国的葡萄酒理念带到了乡都，并在新疆独特的土壤上落地生根。

他借鉴法国的酿酒理念，结合新疆的地方文化，逐渐形成了个人对葡萄酒酿造及品鉴的独到见解，提出了“随身随性”“喝酒喝的是文化”“葡萄酒是艺术而不是技术”等核心发展理念，当这些理念成为乡都人的共识进而广为消费者接受时，带来的便是乡都葡萄酒品牌影响力的不断扩大和销售量的成倍增长。

邹积赟不仅是专业酿酒师，还是一个

TIPS 03

邹积赟

仪尔乡都庄园CEO。李瑞琴次子。留学法国勃艮第六年，研读葡萄酒专业。他借鉴法国的酿酒理念，结合新疆的地方文化，逐渐形成了个人对葡萄酒酿造及品鉴的独到见解，提出了“随身随性”“喝酒喝的是文化”“葡萄酒是艺术而不是技术”等核心发展理念，当这些理念成为乡都人的共识、进而广为消费者接受时，带来的便是乡都葡萄酒品牌影响力的不断扩大和销售量的成倍增长。

TIPS 04

窦乐乐

乡都酒业董事会秘书。窦乐乐在法国留学，原有一份薪水优厚的工作。她本来可以留在法国继续发展，但最终却来到新疆，成为乡都的一员。用她自己的说法，这是因为爱情的力量。

专业的乡都导游。他利用丰富的专业知识和对葡萄酒独特的见解，形象生动地向每一批来到乡都文化馆参观的领导和游客普及葡萄酒文化，让更多人在享受“乡都好时光”的同时接受乡都传递的健康生活理念。同时也记住了乡都，记住了乡都人，记住了乡都葡萄酒。

李瑞琴谈到邹积赟时，总会夸一下她宠爱的儿媳窦乐乐：“邹积赟不仅学业有成，并且帮我低成本扩张了一位能干的留学生儿媳妇。乐乐远离故乡，放弃了大城市高级白领的工作，和我们一起为乡都流汗，真是不容易啊……”

窦乐乐在法国留学期间，有一份薪水优厚的工作。她原本可以留法继续发展，但却来到边疆，成为乡都的一员。用她自己的说法，这是因为爱情的力量。窦乐乐是在法国跟邹积赟结识的。2005年底，邹积赟因公司需要，结束了在法国的学习，返回新疆，窦乐乐不仅义无反顾地跟来了，而且很快就融入乡都大家庭。

窦乐乐说："我是一个不太知道贫困的女人，花钱大手大脚的。来到新疆，一下子落差很大，有时我奇怪自己竟然能坚持这么长时间。"记得有一次开董事会，散会了身上只有两元钱，连个打车的钱都没有。那时家里已经不管我了。家里的想法是，你爱干吗干吗去吧。你既然不听话，就不要跟我诉苦。我选择了，我就不会后悔的。那时我再不开心也没给我妈打过一个电话，一个人承受，特别坚强。是爱情的力量和亲情的力量，使我甘心在这家企业尽心尽力地干下去……"

窦乐乐现在是乡都董事会秘书，按乡都一人多用的风格，她这个秘书的外延非常大。一是处理内部事务，二是处理外联，内外之事集于一身，工作的繁重可想而知。而且，她干得多，犯错难免。她的顶头上司又是以严明著称的董事长，出错了就要挨骂，心理压力之大可想而知。但她竟然熬过来了，如今已成了董事长最得力的助手。每年以"共赢在乡都"为主题的经销商大会，堪称仪尔乡都的一个品牌活动，也是乡都人工作作风的一个缩影。每一届不断增加的参会人数、每一届不断出彩出新的环节设计以及每一届给人留下的深刻的印象，无不是在传播着乡都极富魅力的企业文化。

在每一届活动中，最少不了的大功臣就要数窦乐乐了。从一张小台卡横幅、一个环节设计、一次碰头会、一个细节把控、一个岗位设置人员安排……其中都付出了她极大的心血。

作为大会的总指挥，窦乐乐是一个特别重视细节的人，也是一个力求完美的人。最关键的是，她是一个思路超前、创意无限的人。

第四届“共赢在乡都”活动中，最后的环节是每一届都不落的经典回放，从创意、选图、现场把控等，都要在最短的时间里最完美地呈现。她为了这最后的完美，在三天三夜的活动中，只睡了四个小时。她说：“创业是一个改造环境的过程，但改造环境，首先就要学会适应环境……”

邹晓丽是李瑞琴的女儿，家里的“小公主”。当年，父母兄弟办皮毛厂、做边贸辛苦打拼的时候，她还在读书。1998年，全家人走上戈壁滩开荒种地时，刚过门的嫂子都上了“战场”，而她则在大学读本科，又没吃上苦。不过她看到了家人的艰苦，便尽其所能地提供了经济援助。后来，乡都葡萄酒在新疆市场上打开了局面，计划向疆外拓展，急需营销管理人员。母亲和哥哥劝她说，你干公务员，单位多你一个不多，少你一个不少，还是出来跟我们一起干吧。邹晓丽思之再三，终于决定去商海闯一闯。

2006年，邹晓丽被派到北京“试水”，验证在北京开拓市场的可能性。董事长对她的要求不高，只要摸清北京市场的情况就算完成任务了。不过这个不高的要求，只是相对于李瑞琴平日的高标准、严要求而言，在一般人看来，要求已经很高了。

邹晓丽初到北京，人生地不熟，一个人“单剑闯江湖”，挑战不小。她租了间房，装上电话，办事处就算开业了。公司从新疆空运两百箱葡萄酒，邹晓丽租了一辆货车，去机场接货。当时是凌晨，搬运工比较少，人家见她身边没什么人手，就漫天要价。邹晓丽一生气，顽强不屈的劲头上来了，决定不请搬运工，自己干！她虽说没吃过什么苦，但平日耳濡目染的创业精神早就渗入了灵魂深处。

2008年，公司正式决定成立北京分公司，先由李晓云牵头，邹晓丽协助，组建了北京销售团队。几经打拼后，渐渐地在北京市场上站稳了脚跟。第二年，李晓云执掌上海公司，邹晓丽被正式任命为北京分公司总经理。

身先士卒是乡都管理的老传统好传统，邹晓丽把这个传统带到了北京公司。

有一年春节前，两位股东客户每家定制十万元的葡萄酒，要求春节前两周到货。当时距春节只有二十五天，仅物流就需三天，真正留给邹晓丽的时间只有一周多，还要设计酒标并与客户确认，随后印刷、备货、洗瓶、粘贴定制酒标、装箱以及运输……可以说是时间紧、任务重，邹晓丽和员工们一起不分昼夜加班加点，干得热火朝天，在一周内备好了定制酒，准时送到了客户手里。

TIPS 05

邹晓丽

乡都酒业北京公司总经理，李瑞琴的女儿。1998年，全家人走上戈壁滩开荒种地时，她则在大学读本科。不过她看到了家人的艰苦，便尽其所能地提供了经济援助。后来，乡都葡萄酒计划向疆外拓展，急需营销管理人员时，已是公务员的邹晓丽，决定加入妈妈的队伍。2006年，邹晓丽被派到北京“试水”，成立乡都北京公司。

博斯腾湖的美丽传说

有一对年轻的恋人，小伙子名叫博斯腾，姑娘叫尕亚，他们深深地相爱。不知何时，天上的雨神发现了美丽的尕亚，要抢她为妻，尕亚誓死不从，雨神大怒，连年滴水不降，于是草原大旱。勇敢的博斯腾与雨神大战九九八十一天，终于使雨神屈服，但博斯腾却因过度疲惫累死了。尕亚痛不欲生，眼泪化作大片湖水，最后也悲愤而死。为了纪念他们，当地的牧民将该湖命名为“博斯腾湖”。

传说，唐僧去西天取经时，在离此不远的流沙河受阻，《西游记》中记载此河水势凶险，又被卷帘大将（沙僧）占据，常人根本无法渡过，有诗为证：八百流沙界，三千弱水深。鹅毛飘不起，芦花定底沉。唐僧在此地收卷帘大将（沙僧）为徒，赐法号悟净，卷帘大将（沙僧）一心归佛，同八戒、悟空一同保唐僧西天拜佛求取真经。

这是关于博斯腾湖的一个美丽传说，千百年来，这个传说让无数人心存念想，期待这辈子能亲自来到湖中荡漾……

1997年秋天，我用半个月的时间徒步罗布泊后，抵达的第一片绿洲便是美丽的博斯腾湖。我记得那是个美好的午后，我和当时央视《文化视点》的主持人同游博斯腾湖。记得我们是租了艘快艇，当快艇在湖中飞驰起来时，船老大是要求我们老老实实坐在船舱里的，但姜丰一定要到甲板上，她说拉住船舷上的栏杆是不会出事的，我也跟船老大商量，就我们两人，我们一定注意安全。船老大同意了，要我们千万注意安全……

记得那天，我拿着相机靠在船尾的桅杆上，姜丰攀上船舷，当艇飞驰起来时，姜丰身上那一袭红色的风衣在蓝色的博斯腾湖的映衬下，就仿佛是一团熊熊的烈焰在燃烧，我的相机不停地咔嚓，那画面简直美极了。

很多年后，在英国剑桥姜丰的家中，我们又一次聊起那个美丽的午后，彼此都感慨万分……尤其是当我再次把当年的照片呈现出来时，姜丰几乎记得那个下午的所有的细节。我发现当时拍的那张姜丰一袭风衣的照片已被她放大挂在了家里的客厅中。她说她去过世界上很多湖泊，但唯有博斯腾湖给她留下最深的印象，以至于她这些年从上海到北京，又从北京到伦敦，尽管搬了无数次家，但这张在博斯腾湖上的留影却一直跟随着她……

或许这就是情结，而这份情结也一直牵引着我，只要一听到博斯腾湖这个名字，我就心往神驰，以至于后来每次新疆之旅，博斯腾湖都是我的必游之地……

车出天山行进在焉耆盆地，到达一大片绿树笼着的乌什塔拉，就可以远远地看见博斯腾湖了，但隐隐约约的山影下只是一抹淡蓝，像带子一样静在大戈壁的尽头。

博斯腾湖，维吾尔语意为“绿洲”，位于新疆维吾尔自治区焉耆盆地东南面博湖县境内，是中国最大的内陆淡水吞吐湖。

《汉书·西域传》中的“焉耆国王至员渠城，南至尉犁百里，近海水多鱼”中的“近海”以及《水经注》的“敦薨浦”，均指此湖。

博斯腾湖区深居欧亚腹地，光照充足，热量丰沛，雨量稀少。湖体可分为大湖区和小湖区两部分，大湖的面积近千平方公里，小湖的面积仅有百余平方公里。

《隋书》记载此湖有“鱼、盐、蒲、苇之利”。湖区周围生长着广茂的芦苇，是中国重要的芦苇生产基地。此外，博斯腾湖盛产各种淡水鱼，是新疆最大的渔业生产基地。2002年，博斯腾湖湖区被评为国家重点风景名胜区，属天然湖泊水域风光型自然风景区，涉及博湖、焉耆、和硕、库尔勒三县一市。2014年5月，博斯腾湖景区被评为国家5A级旅游景区，成为新疆第八家国家5A级旅游景区。

它是莽莽天山和焉耆盆地联手营造的杰作。天山提供着源源不竭的水的资源，盆地则负起积聚天山恩泽的义务，积聚得浩浩荡荡，积聚成戈壁上的大海。博斯腾湖有着杰出的奇特，奇特之处就是它挽系着两条巨长的洁净飘带，一条漫过焉耆盆地，缠绕着天山的崇山峻岭，一条向南部的塔克拉玛干沙漠蜿蜒，中间又联缀着一块漫大的翡翠般的绿洲、绿洲上一座

TIPS 01

莲海世界

莲海世界位于博斯腾湖的西南角，从库尔勒市开车四十二公里后便能抵达。这里水域总面积一百多平方公里，拥有我国最大的野生睡莲群，庞大的野生睡莲群与四十万亩自然芦苇傍水而生，被誉为博斯腾湖的珍珠项链、野生睡莲的美丽天堂。

TIPS 02

西海渔村

西海渔村位于大河口，距县城十二公里，目前已经具备相关接待设施。游客在这里可以亲自参与撒网、捕鱼、钓鱼、做鱼、品鱼，是一个富有特色的渔家乐型“西海渔村”。另外，在这里还能欣赏到依托乌兰乡蒙古族的民俗表演活动。

色彩绚丽的城市。

博斯腾湖是一个硕大的生命，它所挽系的开都河和孔雀河永远洋溢着生机和活力。博斯腾湖被称为南疆西北缘荒漠地域里自然生命和社会生命的母亲湖，而开都河和孔雀河又被称为这块土地上的两条母亲河。人们赋予这湖、这河以如此深重的情感，这份情感又像这湖一样深广、这河一样绵长。

博斯腾湖西南部那浓密芦苇夹道的碧油油的水巷，则是广阔的湖面连接孔雀河的泻水口。这里颇有千岛湖的味道，多处布排的小的湖岛、大的洲渚，满是绿油油、密丛丛的岛、渚与曲水清波依恋，芦苇与萋萋草木连袂，幽静得如同人间仙境。

更为奇异的是，在宽漫的森森的芦苇之林里，初夏时节千亩莲花绽放湖面，鹭影映波，鸭鹅戏水，别是一番风景。

我最爱的是博斯腾湖的莲海世界风景区。它位于博斯腾湖的西南角，从库尔勒市开车四十二公里后便能抵达。这里水域

总面积一百多平方公里，拥有我国最大的野生睡莲群，庞大的野生睡莲群与四十万亩自然芦苇傍水而生，被誉为博斯腾湖的珍珠项链、野生睡莲的美丽天堂。

夏秋季节，湖周芦苇、香蒲生长茂密，湖水清澈碧绿，荷花、睡莲等各种水草花木竞相开放，水鸟筑巢于水面随处可见，泛舟湖中，各种水鸟不时从身边、头顶掠过，鸟鸣鱼跃，荷香沁脾，品尝鱼餐鱼宴，其乐无穷。

西域荒漠里竟有如此美丽的水岛，水岛之间竟有如此绚丽的莲花，如若不亲临感受，总不免难以置信。正是因为这一奇特的景象，人们赋予博斯腾湖出水口一个美丽动人的名字：莲花湖。莲花湖是孔雀河的起步之地，博斯腾湖用清美秀丽的莲花为自己奉献出的孔雀河送行，对于孔雀河的殷切寄托多么深重！

博斯腾湖四周全是高山环绕，天山和霍拉山上的植被阻挡了暖湿气流的侵袭，使得博斯腾湖春季气候多变、干旱少雨，而到了夏季便干燥炎热，秋冬季则寒冷，水气蒸发量极大，全年多晴日。

我每次来博斯腾湖游历，必登游艇畅游大湖，望那丽日蓝天，波光潋滟，轻风拂面，便心旷神怡想起当年……秋季游湖，会偶遇大风，湖面便惊涛排空，宛若怒海。而冬至春初，便千里冰封，银光如镜……

踢足球的人散了，打排球的人累了，牌局分不出输赢，赤脚在沙地上已经有了凉意。风从湖面上吹过来，凉爽清寒。蚊子麇集，像轰炸机一样在耳边鸣叫，挥之不去。风里有隐约的海鲜的味道。

黄昏来临，夕阳吐露她的万丈红光，照耀在湖面上，细波粼粼。飞鸟在天幕下徘徊盘旋。大雁一群一阵地向东南飞过。

大概有二十分钟的光景。之后，天地间暗了下来，初月如冰盘，早已悬挂在东边浅蓝色的天幕上。渐渐天黑了。银河仍然看得见大的轮廓。天真高啊，远处的树，房屋，天山，只不过是浅浅的一点凸起，人影更是渺小……

TIPS 03

扬水站

扬水站位于博斯腾湖南部，是新疆乃至西北最大的电力扬水站。现建有葡萄长廊、观景亭、停车场、沙滩等旅游服务设施，可开展游湖、沙滩浴、坝上观湖等娱乐项目。

TIPS 04

阿洪口

阿洪口位于博斯腾湖西南角。2001年，被国家旅游局评为国家 AAA 级旅游景区。

TIPS 05

莲花湖

莲花湖位于博斯腾湖西南小湖区。2005 年，被自治区旅游局评为 AAA 级旅游区。

七个星的夜空下星辰灿烂

李瑞琴说:“我清楚地记得那天夜晚，七个星的夜空特别浩瀚，星光也格外璀璨。我和老邹还有几个孩子一起举杯，我们尊重葡萄的顽强生命，并将葡萄的生命力融入我们的生命中，用我们的情怀和执着的信念，在戈壁滩上创造奇迹。”

1998年，李瑞琴带领她的家族和员工在焉耆种下了当地第一株葡萄树之后，经过二十年的发展，四万亩葡萄园，已成为中国面积最大的自有有机葡萄种植基地，为中国优质葡萄酒的产出奠定了坚实的基础。

这种闪光的匠人精神，李瑞琴和她领导的乡都酒业一践行就是二十年。谈起这二十载的坚守，李瑞琴心中有一个目标：做中国最好的葡萄酒，让“中国酿造”站上世界葡萄酒生产的舞台！

“我这代人种葡萄，第二代做葡萄酒，第三代打造葡萄酒品牌。”这就是李瑞琴的情怀……

历经二十年的发展，仪尔乡都的葡萄酒没有辜负李瑞琴的期望，以有机品质和出色口感受到了广大消费者的青睐，目前已成为中国葡萄酒消费者最喜爱的葡萄酒品牌之一。

不仅如此，李瑞琴的仪尔乡都正凭借着新疆风土赋予的独特魅力和有机品质捷报频传，在国际舞台上大放异彩。

今年3月，仪尔乡都成为“上合组织秘书处指定用酒”，与张裕、长城等知名品牌跻身国宴用酒行列；4月，旗下“安东尼”系列品丽珠干红葡萄酒2014以及赤霞珠干红葡萄酒2014两款产品，又摘得全球葡萄酒赛事金奖。

经过二十载的匠心坚守，李瑞琴的“中国酿造”梦想正逐步照进现实。今天，李瑞琴的至理名言“优质的葡萄佳酿是种出来的！”早已在中国甚至世界上被乡都酒的高品质证明了。

乡都葡萄和葡萄酒从出生到成长，直至生命的巅峰期，葡萄园的农工、酒窖的酿酒师，就像呵护孩子般牵着它们“随身随性”地长大成熟。

乡都酿酒师杨华峰说，乡都基本上每年的 8 月开始进入采收期，这是葡萄园里最忙碌的时段。白葡萄比红葡萄先成熟，通常最先成熟的是霞多丽；红葡萄成熟时间通常在白葡萄采收结束之后，先成熟的是黑品乐，接着是赤霞珠等。

采收葡萄是一年中最为美妙的时刻，乡都葡萄园的技师忙碌在葡园中检查葡萄的成熟情况，摘下试吃或带到酿酒室监测糖分浓度，没有达到标准的继续留在枝藤上生长，以保证每一串葡萄的糖度、酸度、成熟度都恰到好处。为了让成熟的葡萄最大程度地锁住芳香，避免采摘后因太阳暴晒而开始发酵，葡农们黎明时分就来到葡园开始手工采摘，并且用最快的速度将葡萄送入酒堡，待戈壁滩上的太阳肆虐烧烤大地时，串串葡萄已经在凉爽的酒窖里开始了她生命的第二段旅程。

采收送入酒窖的葡萄立刻进入酿造工序，乡都的酿酒师对每一品种葡萄的特性都充分了解，待去梗、破皮，发酵完毕进入澄清后，酿酒师像研制精密武器一样，小心谨慎地采集计算每一酒罐的酒精度、糖分和温度变化，根据每罐酒的特性来决定它们或进入橡木桶，或等待瓶装。

这样，便不会无故将一罐普通等级的葡萄酒按照高档酒的成长方向来酿造，也不会委屈了本该发展成为高等级的葡萄酒。整个酿造过程就按“随身随性”的原则，任由葡萄生命个性充分展示和张扬，直到它巅峰状态的到来，各款有着独特个性的乡都美酒就这样在酿酒师的“魔术”中诞生了。李瑞琴倡导的“随身随性”体现在葡萄酒酿造的每一个环节中，

而每一款酒都在乡都人的百般呵护中绽放它生命的独特光彩……

“这就是你在自己的藏酒中或在市场上找不到两瓶一模一样的乡都葡萄酒的缘故。”这也是李瑞琴和她的乡都酒业同行们最自豪的……“随身随性”是李瑞琴和乡都坚守了二十年的酿酒理念。在乡都葡萄园，为了保证葡萄酒的绝佳品质，园艺师通过对葡萄生长全过程的严格管控，来张扬每株葡萄自由生长的个性。

每年种植新苗的时候，园艺师会对新栽种的葡萄园严格测算田间距离，保证葡萄株距与行距的科学间隔，让每一粒准备酿成美酒的果实在自然的成长中保持适宜的酸度与单宁含量。保证了田间距离的恰到好处，也就有条件确保每一颗葡萄都成长为葡萄中的贵族。

TIPS 01

霞多丽

霞多丽属欧亚种葡萄，原产自法国勃艮第。1951年由匈牙利引入中国，是目前全世界最受欢迎的酿酒葡萄，属早熟型品种。霞多丽基本用于酿造白葡萄酒，用它酿造的白葡萄酒颜色为淡金色。

霞多丽的魅力在于其多变的风格和广泛的适应性，无论在任何气候条件下，它的质量都还不错。从寒凉的法国北部沙布利到炎热的阿根廷的门多萨和南澳大利亚的巴萝沙山谷，霞多丽可以呈现从带有柑橘类水果到充满热带水果和异国情调的不同风姿和口感。霞多丽也是香槟和起泡酒调和成分中很重要的组成部分。

而到了夏天，葡萄藤蔓在微风中快速成长，花朵带着香甜的气息飘散在整个葡萄庄园。园艺师们会依据每株葡萄生长的情况，保留长势好的，剪去过多的枝条。随着全球变暖的气候影响，赤霞珠等品种在这里得到了更加有利的培育温度，使这里的酒，年年都是好年份。

最值得庆幸的是，在这片葡萄伊甸园，秋天从未发生过任何的病虫灾害。远离尘世的生态空间让这一切都被隔绝在外。当徐徐秋风刚刚吹过，葡萄在浪漫期待和生命精彩中成熟。在这个充满期盼的季节，葡萄园里将有一场最为盛大的活动，那就是采收了。园艺师们总是会不缓不急地等到葡萄的糖分、酸度及单宁充分平衡的那一刻，召集有经验的采摘工，小心翼翼地将果实从枝头摘下，经过手工分选后踏上酿酒之旅。

每一支乡都酒都记述着一株葡萄的成长故事，它们在弥漫着酒香的酒窖中等待时光、等待懂它的人来开启。

TIPS 02

赤霞珠

赤霞珠被誉为酿造红葡萄酒的葡萄品种之王，也是酿造红葡萄酒的传统优良品种，许多世界顶级葡萄酒就是采用赤霞珠葡萄酿造的。

赤霞珠的起源之前都是一个谜。1997年，相关专家利用DNA检测技术解开了这一谜团。结论显示，赤霞珠正是由品丽珠和波尔多白葡萄品种长相思自然杂交而成。在葡萄酒文献中，并没有关于赤霞珠的早期记载。该品种直到18世纪末才开始在波尔多的葡萄园里崭露头角。

赤霞珠属于晚熟的红葡萄品种，皮厚、粒小、籽多，高色素，高酸，高单宁，香气浓郁，所以它能酿造出颜色深浓、风味浓郁和单宁厚重的红葡萄酒。使用赤霞珠酿成的葡萄酒通常会用橡木桶陈酿，因为橡木桶可以柔化葡萄酒中的单宁，同时橡木桶也可以为葡萄酒增添烟熏、香草和胡椒的香气，如果是陈年的老酒还会有菌类、动物皮毛和矿物的香气。

漫山遍野的葡萄树在阳光下郁郁葱葱如一个个旺盛的生命，在大自然中喷发着青春和活力。虽然已经过了采摘季节，但我看到仪尔庄园里还不时有人在剪剪枝蔓、理理树干。

色彩绚丽的葡萄叶在秋风中摇曳着像簇簇火苗，晶莹欲滴的葡萄渗透着甜蜜的汁液。满脸笑容的酒农告诉我说："在我们乡都啊，真是年年好光景。"

这是今天，李瑞琴最值得的人生期待。

塔里木河畔的千年胡杨

胡杨千年不倒
即使倒下也千年不死
死后依旧千年不腐
……

在新疆，我只要一见到胡杨树，便会想起很多年前读过的一篇题为《胡杨泪》的报告文学。那是报告文学作家孟晓云当年的成名作，作品向人们讲述了新疆塔里木河农垦大学老师钱宗仁的悲情故事。孟晓云说，她花了四天四夜，记下了钱老师的悲情人生，他说的每一句话，就如同胡杨的一滴滴泪……其实，胡杨不也如同钱宗仁吗？昂首屹立于风霜雨雪受尽磨难吃尽苦头却坚强不屈……

当地人之所以称胡杨是“会流泪的树”。那是因为，生活的环境越干旱，胡杨体内贮存的水分也就越多。如果用锯子将树干锯断，就会从伐根处喷射出一米多高的黄水。如果有什么东西划破了胡杨树皮，体内的水分就会从“伤口”渗出，看上去就像伤心地流泪一样。

更难能可贵的是，千百年来，这种自生自灭的天然胡杨，总是默默地为人们提供各种财富。它的木质质地坚硬，是优良的建筑材料；它的嫩枝、树叶，营养丰富，含有大量的钙和钠盐，是牛羊爱食的饲料；就是它流出的“泪”，也会很快变成一种结晶体，叫胡杨碱，可以食用、洗衣、制肥皂……

胡杨

胡杨是双子叶植物纲、五桠果亚纲、杨柳目、杨柳科、杨属的一种植物，是落叶中型天然乔木。直径可达一点五米，木质纤细柔软，树叶阔大清香。耐旱耐涝，生命顽强，是自然界稀有的树种之一。胡杨树龄可达两百年，树干通直，高十至十五米，稀灌木状。树叶奇特，因生长在极旱荒漠区，为适应干旱环境，生长在幼树嫩枝上的叶片狭长如柳，大树老枝条上的叶却圆润如杨。

胡杨是第三纪残余的古老树种。胡杨生长期漫长，由于风沙和干旱的影响，很多胡杨树造型奇特、诡异，有“活三千年不死，死三千年不倒，倒三千年不朽”的说法。

胡杨，维吾尔语叫“托克拉克”，意为“最美丽的树”。由于它顽强的生命力，以及惊人的抗干旱、御风沙、耐盐碱的能力，人们又叫它“沙漠英雄树”。胡杨，还有红柳、梭梭、沙枣等沙漠植物，它们的一生就是一部启示录——有关生命与死亡、大漠守卫与绝处逢生的启示录。

1997年秋天，我在罗布泊徒步时看见了胡杨林。那是一排胡杨树，至少有几十棵，错落有致地昂然于沙漠戈壁深处，那时罗布泊还有水，胡杨树便倒映在湖水中……瞬间，我眼前仿佛如一幅画，情景交融，美轮美奂……二十年后的一个午后，我驱车从库尔勒行驶四百公里，终于来到了中国最大的胡杨林——塔里木胡杨林国家森林公园。

胡杨林公园位于塔克拉玛干沙漠东北边缘的塔里木河中游、巴州轮台县城南沙漠公路七十公里处，是整个新疆面积最大的原始胡杨林公园，也是整个塔里木河流域原始胡杨林最集中的区域。

夕阳把整个胡杨林映照得璀璨绚丽，一望无际的金色胡杨树如画一样倒映在塔里木河的波光里，此情此景竟让人屏息静气起来……尤其是有三株合抱不交的古老的胡杨树，树干的内部早已空了，而树冠却依然枝繁叶茂，投下大片绿荫，遮去了似火的焦阳……我面对这三株奇特的树，

感觉仿佛它才是生命之本，才是幻化的灵魂。

三株奇树左边是一湖碧水，这是塔里木河自然泻洪形成的一个小湖。这个天然的泻洪小湖本来并没有特别的用途，只是大自然的一次馈赠。但没想到泻洪湖的形成竟引来了白天鹅，渐渐地竟有数百只白天鹅飞来，它们一来就相中了这个地方，即使在冬季，也不肯离去。到了夏天，白天鹅在水中游戏，引颈放歌，泻洪湖成了正宗的天鹅湖……

胡杨公园里最有趣的还不仅仅是天鹅湖，在胡杨林深处，还藏着一个野猪林。当然，如今真正的野猪早已逃遁得不见踪影了。但你走进密林深处，却有野羊、野鹿、野狐、野兔出没其间……有一位塔里木的军垦诗人留下了几句有趣的文字："野草野花惹欢逗奇，野树野果直撞人头，野气野味意味无穷……"

想起刀郎的一首歌《喀什噶尔胡杨》，它讲述的是一个凄美的爱情故事，男女主角今世无缘在一起，发誓来生化作胡杨树等待对方……

刀郎用胡杨代表坚贞不渝的爱情，而关于胡杨树，还真的有个凄美的传说……

那是在美丽的巴音布鲁克草原，河水蜿蜒出美丽的天鹅湖。据说当时天鹅湖还没有名字，但因为每年天气回暖，四面八方的天鹅都会不远万里来到这里，百鸟朝拜的盛景宛若童话，久而久之就有了"天鹅湖"的名字。

而天鹅之所以年年来报到，那是因为弱水河神的小女儿就住在天鹅湖中。引来天鹅朝拜的神女，天人之姿自然不用多作描述，所以像很多童话故事写的那样，草原部落的王子爱上弱水的神女，从此"弱水三千，只取一瓢饮"。

可惜，被蒙在鼓里的"泰山大人"，貌似并没有准备接受一个凡人做女婿。不知怎的，可能是天意，河神得知了此事，大为震怒，不但要带走女儿，更唤来遮天沙尘席卷草原，驱散羊群和骆驼，要覆盖河道，断了部落的水源，惩罚王子的痴心妄想。

面对怒发冲冠的河神，茫然无措的族人，想着不知被风沙带到哪里去

的神女，无力抵抗的王子只能发愿：“愿此身化为草木，用每一片叶子，每一段根须，抵御风沙，捍卫脚下水土，保护部落的族人和牛羊，守护心爱的神女，哪怕千秋万载生不能相守，愿她一世平安，直到沙漠变为沧海，人间充满真爱……”

于是，王子变成了一棵胡杨，扎根深土，张开双臂抵挡了呼啸的风沙，保住了身后的河流土地和族人。

河神见风沙无法奈何胡杨，神女又苦苦哀求，愤慨无奈之下将神女变成凡人放归塔里木河边，让她不但不能用神力驱散风沙，也没办法用凡眼认出变成胡杨的王子，就让这对有情人相望不相识、相伴难相守，以示惩戒。

神女回到和王子相遇的河畔，果然只看到一棵迎风屹立的胡杨，却找不到山盟海誓要在这里等她的王子。于是，神女伤心欲绝，泪洒河畔，却没发现自己泪落之处，便有一棵胡杨发芽吐叶，小心翼翼捧起晶莹的泪滴……

很久很久以后，这里有了一片被沙漠包围、却让沙漠为之却步的胡杨林，还有被胡杨环抱守护的河流湖泊。

当年神女归来不见王子，日日到王子所化的胡杨树下以泪洗面，好像是纵然对面不相识，但真爱的直觉，让神女莫名亲近着胡杨，直到念叨着“来生之约”，流尽最后一滴泪溘然长逝。

神女逝去的那一刻，原本四季常青的胡杨林一瞬间黄了所有的叶子，在匆匆西风中，落叶轻柔掩去神女的身躯，天鹅悲鸣，挺拔的胡杨躯干撕裂成两半，挣扎出悲怆的线条。

而神女的最后一滴泪，正好落在了胡杨树上。自此，当风沙或者外力伤了胡杨的躯干，伤口就会流出苦涩的眼泪，这便是著名的胡杨泪……

神女的身躯化作一棵胡杨，留在与王子相遇的这个地方，灵魂却飞向远方，去寻找她以为已经遇害的王子转世。而带着神女无限深情和哀伤的最后一滴泪，终于让王子化身的胡杨精灵醒来，却没来得及与神女相认，只见到神女死去的躯体化作胡杨树。伤心过度的精灵躲入胡杨树里拥抱着神女化身的胡杨沉睡过去，等待神女的转世归来，还她一滴泪，还她一个

诺言。

每当风过树林，沙沙树声就是精灵睡梦中对神女的呼唤，每当外力伤到胡杨，被惊动的精灵会在睡梦中滴落思念的泪水。纵然如此，王子所化的精灵依然不忘造福族人。胡杨流出的“眼泪”蒸发后就留下胡杨碱……

从神女逝去的那个秋天开始，到现在，每一年的金秋，绿了一春一夏的胡杨就会绽放出极致的金黄，等着神女的转世归来。没有等到，就会伤心地在短短几天内凋零，留下一地落叶祭奠曾经的哀伤，然后封存一个冬天，来年继续期待，执着，不悔。

这真应了那首歌曲：“百年光阴，泪尽沙海，千年守候，等你归来……”

塔里木胡杨林公园最与众不同的是公

TIPS 02

轮台胡杨林

位于新疆巴音郭楞蒙古自治州轮台县塔里木胡杨保护区的核心部位，地跨轮台和尉犁两县交界处。是新疆观赏胡杨林最佳地之一，也是世界上一千二百个森林公园中唯一的沙漠胡杨林公园，观赏期为10月20日至11月初。

世界上的胡杨绝大部分生长在中国，中国百分之九十以上的胡杨又生长在新疆塔里木河流域。塔里木轮台胡杨林风景区集塔里木河自然景观、胡杨景观、沙漠景观为一体，是世界上最古老、面积最大、保存最完整、最原始的胡杨林保护区。胡杨林公园占地四点五平方公里，于1997年秋天开园。

园的多样性和丰富性，公园不仅展现胡杨之美，更是集塔里木河自然景观、胡杨景观、沙漠景观、石油工业景观于一体，成为中国最具观赏性和最能展现一座城市或一个地区风土人情的自然景观和旅游胜地。

塔里木胡杨林公园内约有弯道二百二十处，堪称世界上弯道最多的景区道路。道路两边满目沧桑，胡杨高大粗壮的身躯，或弯曲倒伏，或仰天长啸，或静默无语，或豪气万丈……

游人至此，除了赞叹、高歌，抑或沉默，还有就是对生命无限的敬仰。

想起新疆的一位诗人曾经写过这样一段关于胡杨的抒情文字：

TIPS 03

塔里木河

塔里木河由发源于天山山脉的阿克苏河、发源于喀喇昆仑山的叶尔羌河以及和田河汇流而成，位于新疆维吾尔自治区塔里木盆地北部。流域面积十九点八万平方千米，最后流入台特马湖。

塔里木河全长二千一百三十七千米，仅次于伏尔加河、锡尔－纳伦河、阿姆－喷赤－瓦赫什河和乌拉尔河，为世界第五大内流河，是中国最长的内流河。

春天，胡杨微吐绿芽，有一派欣欣向荣的繁盛景象；
盛夏，胡杨身披绿荫，落英缤纷；
金秋，胡杨秀丽的风姿或倒映水中，或屹立于大漠，
尽显了生命的灿烂辉煌；
在狂风飘雪的冬季，胡杨不屈的身影身披银装，
令人长叹这茫茫沙海中的大漠英雄……

仪尔庄园里的波伏娃

中国著名的仪尔乡都庄园，被誉为山脉的宠儿。

它位于新疆天山山脉的霍拉山脚下，一汪积雪融化成的水，沿着山涧流淌着。渐渐地，水变得湍急起来，突然间它越过岩石飞流直下，于是，沉寂千年的戈壁沙砾土被大自然的阳光、气候和土壤开垦培育出了一片片如仙境般的葡萄园，并酿出了一瓶瓶葡萄美酒……

只是让人难以想象的是，仅仅在并不遥远的二十年前，这里还只是一片茫茫的戈壁滩。因为一个叫李瑞琴的人，改变了霍拉山脚下的千年历史，是她把这片千年的不毛之地，变成了如今的万亩葡萄园……

从库尔勒驱车，沿着美丽的焉耆和七个星往西行，葡萄园沿山脉而漫延，一望无际层层叠叠起伏不定，远看竟如麦浪滚滚，在黄昏的夕阳下是那样辉煌和迷人。尤其是当那一抹橙色的霞光，像油彩一样尽情地涂抹在葡萄的枝叶和藤蔓上，这种景象会让任何一个走过的人都情不自禁地凝视相望并被它所震撼。

……

秋天葡萄已经采摘了，酒农们将收获的葡萄珍藏进了他们的希望里。葡萄藤寂静闲适，安详美丽，仿佛一个个秀气水灵、聪颖羞涩的少女，在寂寥的天地间，一览无余地凸显着心中的愉悦。

于是便想起当年西蒙·波伏娃说过的关于葡萄藤的名言：“结满果实的葡萄藤就像孕妇，当酒农将葡萄剪去以后，葡萄藤才美丽。”

一个坚定的女权主义者，竟会将一根枯藤作如此性感的比喻，足以见得西蒙·波伏娃心中的那份藏得很深很深的隐秘柔情。

李瑞琴是仪尔庄园里的波伏娃，但她不仅女权，也有柔情，更有一颗永不枯竭的进取的心……

2013年春，李瑞琴的一位老朋友来访。他是中国葡萄酒监督检验所的老专家。

十多年前，他曾来七个星西戈壁考察，参与过葡萄基地开发项目的可行性论证。他还记得当年西戈壁的荒凉，现在来葡萄基地一看，不禁惊呆了。只见万亩葡园成片，千亩林带成行，郁郁葱葱，满眼胜景。

老专家激动不已，他说当初论证时，只是提出了一个可能性，没想到李瑞琴将可能性变成了美丽的现实，种植规模之大，更是超出了当初的想象。

在葡萄园里，李瑞琴拿着一款叫“安东尼”的酒跟我讲述它的故事。

“安东尼”干红葡萄酒诞生于2002年。这是一款精选了最佳赤霞珠葡萄，经过酿酒师在橡木桶中精心照料酿制而成的酒。法国著名先锋艺术家尼古拉·安东尼在品尝了这款酒后，激情四溢，当场挥笔作画，为此款酒设计了酒标……

于是，李瑞琴决定将这款酒以酒标的设计师尼古拉·安东尼的名字命名，以纪念因这款酒而演绎出的这段中法文化交流的佳话。如今，“安东尼”干红葡萄酒已被人们誉为是用土地、用葡萄、用橡木桶、用心灵的芬芳，更是用中法两国的文化和精神共同酿出来的一款“瓶中艺术”。

忽然间，我眼前浮现出了法国著名的“金色之丘”尼依葡萄园，一样的午后一样的夕阳一样的金色，甚至连空气中弥漫着的酵母和葡萄汁的香味都是一样的……

李瑞琴手上的那瓶“安东尼”在我眼前不停地晃动，金色的阳光里斑斓的葡萄叶子在弥漫，就仿佛是尼古拉·安东尼在作画……当年杜瓦尔先生的一句经典之言随风而至：“总有一天，有一个中国人，会在中国的土地上酿出让世界都震惊的好酒来的。”

今天，杜瓦尔先生的预言，在中国南疆的千年荒漠上实现了，一个叫李瑞琴的农民，用了二十年的时间，从无到有开拓出了四万亩有机葡萄园，一个前所未有的人类奇迹在中国的新疆诞生了。

李瑞琴迄今保持着中欧国际工商学院最年长学员的纪录。

中欧创业领袖成长营第一期的四十九位学员，都是极具潜力的企业创始人。而最年长的李瑞琴曾经给同学们出了一道题，谁能完整地说出乡都酒业所在地“新疆维吾尔自治区巴音郭楞蒙古自治州焉耆回族自治县哈尔莫墩村西戈壁新疆乡都酒业有限公司”，就邀请他来乡都做客。

这道题出得既充满智慧，又深蕴着这个“从山东来的新疆人”对第二故乡的挚爱之情。她想让人们深深记住天山南麓霍拉山下那片葡萄园和美丽的乡都酒堡，她也乐意跟所有对乡都酒堡和葡萄园感兴趣的人结缘。

中欧国际工商学院是一所由中国政府与欧洲联盟共同创办、国务院学位委员会认可、专门培养国际化高级管理人才的非营利性中外合作高等学府，是亚洲有史以来第一个也是目前唯一一个进入《金融时报》世界排名前十的商学院，是中国大陆MBA及EMBA课程的开创者，被誉为“企业家成长摇篮”。

2012年，李瑞琴被中欧国际工商学院破格录取，成为“新生代创业领袖成长营”第一期最年长的学员。

面对这个难得的学习机会，她非常珍惜。学习劲头不亚于冲刺高考的高中生。

邹积赟说：“我妈太厉害了，她求知若渴的学习精神常人难比拟。任何一堂课她都坐第一排，认真记笔记，从来不打瞌睡。”

李瑞琴在百忙中赴中欧学习，真正的目的是去“取经”。在全球化的今天，要想立足于竞争惨烈的葡萄酒市场，就必须持续学习，保持全新的观念和视野，才能率领乡都人追梦到永远。此外，她还想将取来的“真经”在企业内部传播，实现整体的提高。

学习结束后，李瑞琴在库尔勒总部主持召开了全体会议，跟大家分享了她在中欧的学习成果。

她说，在这个国际化高级管理人才荟萃的平台上，她开阔了视野，增长了见识。从中欧的窗口，看到了世界经济发展的缩影，了解了国内外经济发展走势，汲取了创新发展的动力，修正了创业的思维方式，对乡都的未来有了更清晰的定位。

李瑞琴还说，她对“民营企业家是领着一群孩子赶路的母亲”和“创业者永远都会在不确定的外部环境中艰难前行”这两句话感触深刻。回顾乡都二十年的发展历程，她领着大家在充满变数的环境中艰难前行，全部经历几乎都可以概括在这两句话里。

李瑞琴用学习成果修正了自己的某些观念，对员工提出了新的要求，同时重申了过去行之有效的一些经验，使两者有机结合，形成新的企业行为模式。反省不足，苦练内功，以“两耳不闻窗外事，用心去做眼前事”的心态，面对市场的恶性竞争，掌握商务世界的通用语，学会与资本打交道。本着“做事先做人”的企业文化理念，提高团队的避错能力，与社会各方建立真诚互利共赢的合作关系，抓住一切机会、想尽一切办法，不断提高和改善品牌形象。

61

上海公司总经理李晓云跟班学习，长知识的同时照顾婆婆的生活，做一个真正贴心的好“跟班”。

李晓云说：“‘活到老，学到老’这话在董事长身上得到了充分体现。她作为创业营年龄最大的学员，其精神的确令人敬佩。董事长的创业故事也深深打动了创业营及学院的相关领导和学员。学习的过程是辛苦的，但创业的人们都不怕辛苦。在这样一群背景相似、气味相投的创业者中间，学习的过程是鲜活、真实和立体的，能够结合实际立即践行，这种接地气的学习机会实在难得。

“在创业营的学习经历，让我们感受到了时代的脉搏，并发现了自身的差距，让我们不再做井底之蛙。与优秀的人为伴，自己也会成长得很快。这段学习经历已成为我人生过程中非常非常重要的一笔，对未来的人生也有深远的影响……”

李瑞琴作为学员代表，在与搜狐商学院主持人沟通时，坦诚地表达了她的收获和欣喜。

她说：“我来到中欧完全是我的幸运，也是我到花甲之年的最大收获。我所从事的行业很特殊——做葡萄产业。从 1998 年到现在，我们一直做种植和加工，除了葡萄酒加工，还有葡萄废渣的精深加工。七八年前，我们只顾种地、种葡萄，之后我开始建厂，然后生产产品，葡萄酒要经过储存才能长期做出来。

“我没有上过大学，觉得要改变自己的命运，就创业了。做产品和品牌的时候如何带领自己的队伍往前走？我奔着这个念头到这个课堂上来，我要改变一下我的观念，看一下我六十多岁的思想是否跟得上时代。到这个课堂以后，我才发现，这个创业营不仅仅有非常优秀的教授和导师，每一个优秀的同学都是一本很好的书，他们都有各自不同的内容和经验。在我们中欧创业营的课堂上，案例比理论重要，提问比答案重要，群智比专家重要……”

李瑞琴说，她去中欧创业营学习，提升知识理念只是目标之一。她还有一个目标，那就是广结善缘。在十多年的创业生涯中，李瑞琴的事业曲折前行，离不开“有缘人”的多方支持。她深知“结缘”的重要——山不过来我过去，等别人走近自己，不如自己走向别人。

李瑞琴曾邀请中欧创业营第一期的教授和校友们访问了乡都，让客人们零距离感受到了乡都式的盛情。创业营学员多为第一次到南疆，对边疆风光尤其喜爱，看到了位于焉耆盆地霍拉山脚下的万亩葡萄园时，学员们尽情呼吸天然大氧吧的洁净

TIPS 01

霍拉山

霍拉山为天山的支脉，位于新疆巴音郭楞蒙古自治州焉耆回族自治县境内，山中的霍拉沟长年流淌着天山的冰雪融水，孕育了古焉耆国的文明，现为当地旅游景区。

TIPS 02

中欧国际工商学院

中欧国际工商学院是一所由中国政府与欧洲联盟共同创办的世界顶级商学院。2018 年《金融时报》全球排名第八位，亚洲第一位。是国内率先获得国际管理教育协会（AACSB）和欧洲管理发展基金会（EQUIS）双认证的商学院。是中国大陆 MBA 及 EMBA 课程的开创者。

空气，感受这里炽烈而通透的阳光，亲抚孕育有机葡萄的沙砾土壤，惊艳于深藏四万亩葡萄园的乡都酒堡……

学员们兴致勃勃地品尝着每一款乡都美酒，从文化馆到三千平方米的酒窖，从味蕾到心灵，每一位学员都被所见所品所感所悟震撼着，纷纷表示："喝看得见的安全酒只是我们的初级目标，喝可以对话的有灵性的美酒才是我们的终极需求。这一切在乡都实现了……"

在乡都酒堡罗马柱广场熊熊燃烧的篝火坛旁，学员和乡都员工们尽情歌舞，舞动的裙摆和升腾的火焰带着学员们浪漫的情怀飘向星空……

戈壁大漠马兰花开

很喜欢马兰，大漠里的生命之花。蓝色花盛开，戈壁大漠弥漫着春的气息……因为马兰花，竟也喜欢上了南疆罗布泊深处的马兰基地。

马兰位于新疆的巴州境内，一个小小的城镇，连地图上都无踪无影，但这里却是中国所有的小镇中最值得被铭记的一个……这里不仅仅是中国核武器的摇篮，孕育了多少英雄豪杰在此豪气轩昂，那张蓝天下硝烟中狂欢的照片让人热血沸腾；这里也不仅仅是大漠深处的一个灿烂的绿洲，春到戈壁马兰花开；这里更不仅仅是一个红色景点，让人涌动无数的缅怀和岁月的激情……这个曾经在地图上都无法找到的神秘地方，却是共和国的情怀所在。尽管它荒芜、遥远甚至苦难而悲壮，但它却让中国昂然于世界。

1964年10月16日，在新疆罗布泊马兰核试验基地，我国第一枚原子弹爆炸成功。1967年6月17日，在新疆罗布泊马兰核试验基地，我国第一枚氢弹试验成功。1969年9月23日，在新疆罗布泊马兰核试验基地，我国第一次地下核爆炸试验成功……

这就是马兰的标签和符号。

马兰的核心部分，是距著名的博斯腾湖不远的红山核武器科研中心。主要生活区就是距红山基地不足四十公里的马兰基地，试验场，则远在三百公里外的罗布泊。参观整个马兰基地，至少需要两天时间。

从库尔勒驾车行驶差不多两小时后，就进入了和硕县境内，这时便能在路边上不时地看到立着的牌子，上面写着“乌什塔拉回族乡”。

“乌什塔拉”是维吾尔语，意为马兰花。

乌什塔拉乡位于天山南麓中段，坐落在一个小盆地里。是一个有着背依天山面朝湖水的秀丽风景，并有浓郁异域风情的小镇。尽管戈壁滩中骄阳似火，没有雨露滋润，但它还是顽强地生长，用它强有力的根系汲取着大地营养。远远望去，乌什塔拉乡就像是一簇簇绿云彩错落在戈壁之上……

陪我参观的驻军李中尉告诉我，乌什塔拉乡的存在，也给马兰基地带来了更多的滋味。在这里，各种美味小饭铺鳞次栉比，比如四川麻辣、陕西酸辣、山东醇香、河南胡辣汤……

在马兰基地里工作的人们，每到休息日便三五成群、拖家带口地到镇上的小店打牙祭。大部分人能在小镇上品尝到浓郁的家乡风味，这或多或少地缓解了他们的思乡情绪。

马兰，是共和国的首座核试验基地，地理条件优良，有水源，更不在地震带上。其实，我们通常说的马兰，只是核试验基地的生活区。核爆区位于马兰东南约三百公里的罗布泊，只有一条名叫“通京路”的公路与之连接，通常称之为“内场”。

马兰基地，昔日曾经是个无比神秘的地方，今天它早已揭开了面纱。整个马兰核试验场面积接近十万平方公里。马兰基地生活区约七平方公里，如今已是一座微型城市。

我走进马兰基地的第一个感觉，就是这里充满了绿色。路途中沙漠和戈壁滩带来的灰暗色彩一扫而空，有如进入陶渊明笔下的世外桃源。

在戈壁滩上生长着一种兰科植物，似水仙，开出的花有紫色、嫩黄色，这就是著名的马兰花。它在干旱少雨的戈壁滩上一丛丛地倔强生长，那苗条的身姿，亭亭玉立，不怕风吹沙打，扎根戈壁滩。

20世纪50年代末，一支部队来到这里安营扎寨，在与世隔绝的大戈壁里建设中国的核试验基地。部队的将军看见荒漠里顽强开放的马兰花，就把基地取名马兰。

从此，共和国的地图上，便有了这个神秘而美丽的地名。

几十年来，马兰基地成功进行了数十次核试验，使中国进入核大国行列，这是一个令国人自豪、使对手恐惧的地方。如今，核试验早已停止，马兰基地辟为爱国主义教育基地。

位于马兰广场顶头的部队礼堂，顶部镌刻有“马兰”两个红色大字，非常醒目，它告诉游人，这里就是著名的马兰。昔日的戈壁军营，变为如今绿树成荫、湖光粼粼的一座红色旅游城市。

这里的一切，都是神圣和庄严的。马兰基地生活区大概有七平方公里，公共设施一应俱全，精致得如同江南的小镇。

一条笔直而宽阔的柏油马路横贯基地，这就是著名的“通京大道”。

两旁种着参天白杨树，棵棵都挺拔高大。

马兰主街道两旁悬挂着一流的文化灯箱，灯箱里张贴着我国“两弹一星”功臣钱学森、邓稼先等人的大幅相片，还有体现我军高科技、新时期建军方针的照片。

在马兰，看到最多的图片、听到最多的故事便是张蕴钰将军。

张将军是新中国首位核试验基地的司令员，也是我国核武器试验事业的主要开创者。他1937年参加八路军，历任军参谋长、兵团参谋长等职。1958年，他带领部队从抗美援朝战场回国，被任命为核武器试验靶场基地司令，他把战争年代积累的指挥经验灵活地运用于核试验的组织工作上，将自己辉煌的人生篇章书写在罗布泊这块被人称之为“死亡之海”的土地上，为我国核试验基地的创新和发展立下了不可磨灭的功勋，更为“两弹一星”事业作出了重大贡献。

参观马兰，最有意思的是能看到1964年试验成功的我国第一颗原子弹的模型。在马兰看到我国首颗原子弹，虽然是模型，但瞧着依旧激动人心……

在现场有位参观者情不自禁地说，这个原子弹模型让他想起了当年的那个激动人心的夜晚。当晚《人民日报》发表了社论，全国各城市纷纷举行庆祝游行。几十年过去了。站在这个原子弹模型前，现场的每一个人都心潮起伏、感慨不已。几十年来，马兰成功地在罗布泊试验场进行了数十次原子弹、氢弹、导弹核武器等试验，取得了丰硕的科研成果，先后获得国家自然科学奖、发明奖和国家科技进步奖五十余项以及部委级科技进步

奖二千余项。

在马兰，有个叫马兰博物馆的地方很值得去，虽然简陋些，但很有历史价值。在博物馆，陈列着一张当年马兰基地的电影票，时间是 1973 年 1 月 6 日。距今整整四十五年。还有一张两位漂亮女军人的合影。日期注明摄于 1984 年。迄今也已经整整三十四年了。当年，出于保密的要求，工作单位必须守口如瓶，上不告父母，下不告妻儿。就是通信也明确规定："无事不写信，有事少写信，写信不泄密。"

在博物馆看到一只信封，上面写着单位信箱：乌鲁木齐 75 号信箱 152 号。实际上，马兰远离乌鲁木齐五百多公里。当时写信再等回信一个往返需要一个月时间，特别是在执行任务时，有时长达半年时间不能与家人通信。

马兰当街立着一块巨大的石碑纪念屏，用画面记述着当年首颗原子弹爆炸的场面：漫漫沙漠中，腾空升起一朵蘑菇云……

几十年过去了，当年马兰基地生活区里栽种下的小树苗，如今早已长成参天大树，枝繁叶茂，一片绿色。一条由棵棵白杨树组成的林荫道，参天浓荫，将盛夏沙漠的毒日头挡得严严实实。

广袤昏黄的戈壁滩上，绿色的白杨树像仪仗队的列兵一样站立着，树与树之间的距离似乎是用刻尺量度过，整齐划一。

春天的绿意是今天马兰着实让人着迷的地方，因为这里曾经是千年的不毛之地，满眼的黄沙戈壁……

在街心公园里，有一个面积达七千平方米的“祖国在我心中”中国地形沙盘图，据说这是全世界最大的沙盘，果然在旁边有获得吉尼斯世界纪录的证书标志。

公园池塘里盛开着荷花，林荫小道曲径蜿蜒，一片江南的水乡风情……置身此地，哪里还有半点儿沙漠的荒凉？

走进马兰基地，感受最深的，就是这里所有的公共场所，一年四季均高挂国旗。马兰，在向世人体现着它的一份庄重与尊严。

在马兰参观两天后，李中尉陪我去了著名的红山。红山位于距马兰四十公里外的天山深处，马兰核试验研究所旧址就在那里。

车子在崎岖的山道上行驶，路两边没什么植被，零星长着一些红柳和骆驼刺。

20 世纪 50 年代的红山，是一个人迹罕至的地方，只有少数牧民在这里放牧。当年，解放军副总参谋长张爱萍上将来这里勘察后，对这里的地形感到非常满意，决定核试验研究所就建在这里。从此，这里便成了军事禁区。由于这里的山体呈现出赭红色，人们就管它叫红山。后来，“红山”也就成了中国核试验研究所的代名词。

红山有一种自然的美，海拔三千米的两座大山坐落在北端，西面还有一座大山壮观而立，基地就建在一个小盆地里。

据说，当时由于战备需要，红山基地的建筑均随着山势建设，且楼房颜色与山色一致，看上去浑然一体。红山核试验研究基地建成后，有办公区、试验工作区、生活区，还建有学校、医院、邮局、商店和幼儿园等，俨然又是一座深山小城。

在这里，钱三强、邓稼先等大批科学家艰苦工作，为中国的核武器研制工作奠定了雄厚基础。

当时，外界谁又能想到，在这天山深处还有一个享受国家领导人保卫级别的核试验研究所呢？直到中国政府宣布停止核试验后，红山才逐渐被世人所知晓……

中国首座核武器基地的选址，也费了一番周折。最早苏联专家选定在敦煌，但敦煌有中国的国宝，所以这一方案被否定了。于是中国军人将目光投向荒无人烟的塔克拉玛干大沙漠，历时一年艰难勘探，终于在大漠深处选定了中国的核试验基地。

一座苏式的三层红色大楼，就是当年的红山基地机关大楼。几十年过去了，虽然大楼窗户玻璃全无，一副破败模样，但仍旧显示出它昔日威武的架势。

空旷的红山基地遗址里，几株鲜艳的花马兰盛开着……

参观完马兰和红山两个基地后，一定要去位于罗布泊地区的核爆试验场区。马兰核试验场有两大哨所，一个在东，一个在北，东边的叫东大山哨所，北边的叫辛格尔哨所。我们去的是辛格尔哨所。这里相当冷清，路也很难走。

辛格尔哨所已经深入到了罗布泊西端，要到达那里，又是几个小时的车程。车子出了马兰基地，在平坦的“通京大道”上奔驰……等我们被破败的山路颠醒时，已经没路了。车子直接在戈壁滩上开，车里弥漫着一层若有若无的灰尘。

目光所及之处，都是荒山和茫茫戈壁滩，没有绿色，没有水源，更无人迹……不置身此地，绝难想象，当年共和国的军人是怎样在这边塞戈壁上，创造出让世界震惊的奇迹，锻造出我国的核盾牌。

“辛格尔”在蒙古语里是“雄性的世界”的意思。整个哨所就几间平房，还有一个人工湖和一大片菜地。见到那些年轻战士的时候，他们站成一排笔挺敬礼，脸上的表情严肃而镇定。心头不禁一热，仔细打量他们，发现战士们脸上都带着西部人特有的、被烈日晒出来的“红二团”标志。当然，还有年轻战士们纯真的笑容。

当年，在这沙漠深处建哨所，是因为一次核爆炸前的巡逻。七名战士在沙漠戈壁巡逻，七天七夜徒步八百余里，断水断粮。最终，在这里发现了一苦一甜两个泉眼。于是，哨所就依泉而建了。

在哨所旁的一块块巨石上，红油漆书写着“罗布泊第一岛”六个草体大字，置身沙漠，顿时令人产生时空倒置之感。昔日“门前冷落鞍马稀”的地方，如今已成为马兰核试验基地的另一个红色旅游景点了。

方圆近千公里的罗布荒漠里，一个哨所就几名战士。一座哨所就是一座堡垒，一个战士就是一座铜墙铁壁，阻挡着风沙，抵御着严寒酷暑，延续着罗布泊实验场的“生命”。

巡逻几十年如一日，从没有停止过。

战士们说，脚下这片土地，守好了是责任，守不好就是祖国的罪人。

语言铿锵有力，令人动容。

离开哨所，我们的车在一个山坡上停下。中尉说，我们只能走到这里了。再往前，就是当年进行地下爆炸的地方，有核污染。

环顾四周，地面上除了有一些生锈的铁丝网，看不出有什么不同。地面立了一块碑，上写着触目惊心五个大字：“永久污染区”。

这里，以前我们是绝不可能迈进去一步的。现在，一个时代已经过去，马兰核试验基地不再有那时的显要。没有了如火如荼的核试验，也没有了大批热血青年从四面八方涌来。

TIPS 01

马兰基地

新疆马兰基地位于新疆巴音郭楞蒙古自治州境内，是中国20世纪60年代核试验基地的研究中心之一，有较多军事遗迹，是“两弹”研发的军事纪念地。

2011年，被国家发改委列入国家红色旅游项目第二批经典名录。周边有红蝶谷、博斯腾湖。马兰还可以欣赏戈壁的风景。

留下的，只有苍茫大地，还有呼啸的沙漠风……

据史料载：1964年8月5日和20日，我国首套核试验装置“596-1”和“596-2”，在绝密状态中启运，驶往我们脚下的这片土地。周恩来总理当时亲自下令：运载核弹头的列车定为一级专列，按最高级别实施警卫。要求所经过的省、区公安局长亲自上车押送、签字移交出本省、本区。

铁路沿途部署大量警戒部队，专列所到之地高压线停止供电。为防止检修列车时产生火花，铁路工人手中用的铁锤都换成铜锤，蒸汽机车所用的燃煤都用筛子筛过，防止混入雷管之类的爆炸物……

专列抵达乌鲁木齐火车站后，原子弹由一架伊尔-12飞机连夜运至大漠深处，再用直升机送到靶心——701铁塔。由马兰基地在铁塔的半地下装配车间对原子弹进行最后的组装……

1964年10月16日下午3点，我国第一颗原子弹在罗布泊爆炸成功。

面对眼前当年核爆炸的遗迹，我想起那张非常著名的老照片，照片表现的是我国第一颗原子弹成功爆炸后，科研人员和战士们冲出掩体，欢呼雀跃的情景。

后来我听说，其实这张照片是事后补拍的。因为当时担任拍照任务的摄影师，和大伙儿一样高兴得发狂，却忘了自己的拍摄职责，只好事后补拍了一张。

置身蛮荒的核爆现场，脑子里浮现出那张激动人心的老照片，我就仿佛穿越了几十年，置身于一个神奇的梦境之中……

我看到了原子弹那耀眼的闪光

看到了直冲云天的巨大火球

看到了充满天地的蘑菇云

看到了震响在罗布泊上空的一阵阵春雷

……

霍拉山下的金色之丘

这个世界上几乎所有的优质葡萄园和葡萄酒的生长环境，都离不开独特的自然资源，尤其是山脉。比如法国著名的勃艮第葡萄酒产区，位于洛林高原的南端；南非最大的也是被世界公认的非洲最好的葡萄酒产区开普敦葡萄园，地处德拉肯斯山脉；而西班牙著名的里奥哈葡萄园，则位于比利牛斯山脉的南麓………

而中国著名的仪尔乡都葡萄园，同样是山脉的宠儿。它位于新疆天山南麓霍拉山洪冲积扇缘地带，是沉寂千年的戈壁沙砾土，是大自然的阳光、气候和土壤，开垦培育了一个个美如仙境般的葡萄酒庄，并酿出了一瓶瓶被誉为佳酿的葡萄酒。

让人难以想象的是，仅仅在不远的二十年前，这里还只是一片茫茫的戈壁滩。因为一个叫李瑞琴的人，改变了霍拉山脚下的千年历史，竟把这片千年的不毛之地，变成了万亩葡萄园……

今天的仪尔庄园已拥有了四万亩有机葡萄园，因为采用了高标准的节水滴灌技术灌溉霍拉山纯净的地下雪融水，这一得天独厚的气候资源优势，替代了任何农药，使得仪尔庄园的葡萄始终保持着健康阳光的绿色和有机，为乡都酒业高端葡萄酒的生产供应着最优质的酿酒葡萄。

除了大自然赋予仪尔庄园得天独厚的资源优势外，乡都酒业的葡萄技术人员更是秉承董事长李瑞琴的那句“好的葡萄酒是种出来”的格言，在葡萄园实施“三管理一预防”。所谓“三管理”，便是施肥管理、灌溉管理和架式管理；“一预防”，则是指病虫害的预防。

二十年前，刚刚开始拓荒时，李瑞琴便极有预见性地提出了“乡都要种有机葡

TIPS 01

勃艮第

勃艮第是法国著名的葡萄酒产区，位于汝拉山脉和巴黎盆地东南端和莱茵河、塞纳河、卢瓦尔河和罗讷河之间。

TIPS 02

里奥哈

里奥哈是西班牙著名的葡萄酒产地，位于里奥哈自治区以及相邻的巴斯克地区和纳瓦拉自治区。里奥哈葡萄酒产地分为三个主要区域，位于里奥哈地区西北的上里奥哈，阿拉瓦省境内靠北的阿拉瓦里奥哈以及位于里奥哈和纳瓦拉自治区南部的下里奥哈。

萄酿有机酒”的新理念，有机概念始终成为乡都葡萄酒立足于世界的标签。

为了真正地种有机葡萄、酿有机酒，二十年来，乡都酒业坚持在葡萄种植和土壤栽培上不施任何化肥而以有机肥替代，使得葡萄园的土壤和种植的葡萄吸收的营养充分而不单一，更让葡萄的各种香气和营养均衡饱满。

施有机肥还替代了农药的使用，使得有机这一概念在乡都更加名副其实。

众所周知，有效地预防病虫害，对葡萄园来说是个难题，大部分葡萄园只能做到原始的预防，比如在葡萄园外种植一些花卉，比如玫瑰花等，却无法从根本上控制住病虫害的滋生和蔓延。

而在乡都酒业的仪尔庄园却不存在这个问题，因为技术人员施的是有机肥，并尽可能地让有机肥得到充分发酵，一般将有机肥发酵到七十五度左右，便能把病虫害滋生的根源在肥料加工中得以控制。

再加上仪尔葡萄园所处的优越的地理

位置和具有的优良气候条件，阳光充足、通风透光的葡萄园自建园以来从没有打过农药，因此也就不存在一般葡萄园里令人头痛的农药残留问题。

十年树木，百年树人。乡都酒业在新疆的戈壁滩，坚守了二十年，让荒漠变成绿洲，也成就了一个品质卓越的本土葡萄酒品牌。

TIPS 03

开普敦葡萄园

南非开普敦葡萄园是目前世界上六大有名的葡萄产区之一。它所产的葡萄酒产量占世界总产量的百分之三。开普敦葡萄产区地处非洲顶端地带，它具有典型的地中海气候。

TIPS 04

霍拉山

霍拉山为天山的支脉，位于新疆巴音郭楞蒙古自治州焉耆回族自治县境内，山中的霍拉沟长年流淌着天山的冰雪融水，孕育了古焉耆国的文明，现为旅游景区。

东归英雄和巴音布鲁克草原

在新疆游历，几乎所有朋友都会对我说，如果有时间，巴音布鲁克草原是一定要去的。

巴音布鲁克草原旧称裕勒都斯草原、珠勒都斯草原或者尤鲁都斯草原……又因为主要位于新疆巴音郭楞蒙古自治州和静县西北的巴音布鲁克区境内，所以也称为巴音布鲁克草原。

但是巴音布鲁克草原并不仅仅有迷人的风景，它之所以今天被几乎所有新疆人引以为豪的原因，主要是此地还曾是历史上最著名的东归英雄的安身之地。

清乾隆三十九年，也就是1774年，由渥巴锡率领东归的土尔扈特蒙古部落的英雄落户于此。东归英雄的后代们，大部分至今依旧生活在这片草原上……

土尔扈特是我国蒙古族中一个古老的部落。据考证，明朝末年即公元1628年，土尔扈特人为了寻找新的生存环境，部族中的大部分人离开故土，越过哈萨克草原，渡过乌拉尔河，来到了当时尚未被沙皇俄国占领的伏尔加河下游的里海之滨。在这片人烟稀少的草原上，他们开拓家园，劳动生息，建立起游牧民族的封建政权土尔扈特汗国并在以后的一百多年里，土尔扈特汗国始终保留当年明朝册封土尔扈特的大印。

巴音布鲁克，蒙古语意为“丰富的泉水”。草原地势平坦，水草丰盛，是典型的禾草草甸草原，也是新疆最重要的畜牧业基地之一。那里不但有雪山环抱下的世外桃源，有“九曲十八弯”的开都河，更有优雅迷人的天鹅湖。

·

土尔扈特人在伏尔加河流域共生活了一百四十多年，到了18世纪60年代，由于俄罗斯帝国对伏尔加河流域的扩张，以及俄土战争时期俄罗斯帝国征用大批土尔扈特人和奥斯曼帝国打仗，造成土尔扈特大批的人员伤亡，他们便决心返回故土。

时间到了1767年的秋天，当时的土尔扈特族人中要求回归的部分代表，在领袖渥巴锡的召集下，开了一次小型的绝密会议，他们在这个会议上，正式决定东归故土。

土尔扈特人毕竟在伏尔加河流域生活了将近一个半世纪，那里的草原、牧场都留下了他们的足迹，洒下了他们的汗水。马上要放弃这块土地，真的到了说走就走的时候，并非所有土尔扈特人都是赞同的。公元1770年的秋天，也就是距第一次秘密会议三年后，在伏尔加河下游草原的一个地方，汗王渥巴锡第二次主持召开了东归会议。会上，与会代表庄严宣誓，离开沙皇俄国，返回故乡去。1771年1月4日，渥巴锡召集全体战士总动员，提出土尔扈特人如果不脱离沙皇俄国，就将沦为奴隶……这次总动员，点燃了土尔扈特人心中奔向光明的火焰。

尽管渥巴锡等人力图对俄国人保密，消息还是泄露了。于是形势急剧变化，迫使渥巴锡不得不提前行动。他们本来计划携同伏尔加河左岸的一万余户同胞一道返回故土，但不巧当年竟是暖冬，河水迟迟不结冰，左岸的人无法过河。于是渥巴锡只好临时决定，右岸的三万余户立即行动。

第二天凌晨，寒风凛冽。当阳光洒向大雪覆盖着的伏尔加草原时，伏尔加河右岸的三万多户土尔扈特人出发了，离开了他们寄居将近一个半世纪的异乡。用他们的话说：“我们到东方去、到太阳升起的地方去寻找新的生活……”

在东归的路上，渥巴锡率领一万名土尔扈特战士断后。他带头点燃了自己的木制宫殿，刹那间，无数村落也燃起了熊熊烈火。这种破釜沉舟式的悲壮之举，表现了土尔扈特人将一去不返、同沙俄彻底决裂的决心。

土尔扈特东归的消息，很快传到了圣彼得堡。沙皇俄国女皇叶卡捷琳娜二世认为，让整个部落从她的鼻尖下走出国境，这是沙皇罗曼诺夫家族的耻辱。她立即派出大批哥萨克骑兵，去追赶东去的土尔扈特人。同时采取措施，把留在伏尔加河左岸的一万余户土尔扈特人严密监控起来。

土尔扈特人的队伍很快穿过了伏尔加河和乌拉尔河之间的草原，走在外侧的一支土尔扈特队伍，被哥萨克骑兵追上了。由于土尔扈特人是赶着牲畜前进的，来不及把散布在广阔原野上的队伍集中起来抵抗，九千名战士和乡亲壮烈牺牲。

东归队伍必经的一个险要山口，是奥琴峡谷。一支庞大的哥萨克骑兵抢先占据了这个山口。面对强敌，渥巴锡镇定指挥。他组织五队骆驼兵从正面发起进攻，后面派枪队包抄，将哥萨克军队几乎全歼，为牺牲的九千名同胞报了仇。土尔扈特人东归的消息，事前清政府一点也不知道。他们无法和清政府沟通，更不可能得到清政府的任何援助。英勇的土尔扈特人，再次抖擞精神，向着既定的目标一步步走去……

公元 1771 年 5 月，土尔扈特人浴血奋战，义无反顾。历时近半年，行程上万里。他们战胜了沙俄、哥萨克和哈萨克等军队不断的围追堵截，战胜了难以想象的艰难困苦，承受了极大的牺牲，终于实现了东归壮举。根据清宫档案《满文录副奏折》的记载，离开伏尔加草原的十七万土尔扈特人，经过一路的恶战，加上疾病和饥饿的困扰，“其至伊犁者，仅以半计”。就是说，约有八九万人牺牲生命……

在 5 月的一个阳光明媚的早晨，土尔扈特人终于到达了祖国西陲边境伊犁河畔。 乾隆下令在普陀宗乘之庙竖起两块巨大的石碑，用满、汉、蒙、藏四种文字铭刻他亲自撰写的《土尔扈特全部归顺记》和《优恤土尔扈特部众记》，用来纪念这一重大的历史事件。

为了妥善安置归来的土尔扈特部众，清政府指派官员勘察水草丰美之地划给土尔扈特人作牧场，让他们能够安居乐业。最后确定的游牧地为“渥巴锡所领之地”，也就是今天的巴音布鲁克草原……

位于天山南麓的巴音布鲁克草原交通并不是十分便利，路况也是颠簸崎岖的山路居多。正因为这样，我们在跨过皑皑雪山，经历旅途劳顿之后，忽然呈现在眼前的这片广袤无垠的绿色地毯倒是一下子让我赏心悦目、心旷神怡起来……巴音布鲁克草原距库尔勒市三百六十三公里，由大、小珠勒图斯两个高位山间盆地和山区丘陵草场组成，草原东西长二百七十公里，南北宽一百三十六公里，总面积二万三千八百三十五平方公里，可利用草场面积二万零五百十九平方公里，平均海拔在一千五百米至二千五百米之间，是中国仅次于内蒙古鄂尔多斯的第二大高山牧场。

巴音布鲁克草原四周山体海拔均在三千米以上。为典型的高寒草原草场、高寒草甸草场、高寒沼泽草场和山地草甸草场。广袤的草原宛如巨大的绿色地毯，将整个大地覆盖。是集山岳、盆地、草原为一体的自然风景区。巴音布鲁克大草原由于受人类活动影响较小，保存了世界上多种的稀有物种，成为天鹅等野生动物理想的繁殖栖息地。著名的天鹅湖就坐落在草原上。天鹅湖实际上是由众多相互串联的小湖组成的大面积沼泽地，水草丰茂，气候湿爽，风光旖旎。

天鹅湖共有鸟类一百二十八种，栖息着我国最大的野生天鹅种群，是鸟类繁殖和度夏的栖息地。兽类有二十余种，属国家 A 类保护的就有八种，如雪豹、黑鹳、金雕、白肩雕等，B 级保护的有二十五种，如天鹅、盘羊、雪鸡等。

为了在不同的时辰感受天鹅湖的美景，在一个星光灿烂的仲夏之夜，我们在湖畔搭起了帐篷……清晨，当天空刚显鱼肚白，远处的蒙古包升起袅袅炊烟时，湖上大大小小的天鹅们便开始了觅食，有些勤奋的天鹅，甚至展翅掠出湖面，飞过马背、羊群和蒙古包，在远方的山谷里盘旋起来。当太阳升起的时候，雪山的倒影渐渐清晰起来，野鸭、百灵、云雀等水鸟在湖面上更是掀起了一阵阵热闹的“鸟语大合唱”……

傍晚的天鹅湖更加绚烂精彩。晚霞落日把湖面染得通红，天鹅们都在红彤彤的湖面上跳起了精美绝伦的“水中芭蕾”。它们时而倒立，身体几乎垂直地伸入水面；时而捕捉漂浮的草茎，脖颈来回转动；时而蹿入草丛，搜寻细嫩的小草叶……天鹅颀长的脖颈使它拥有优雅的体态，觅食时，它的脖颈可任意弯曲扭动，最美的那一个瞬间，便是在霞光中划出一道道柔滑的闪着光芒的弧线……

巴音布鲁克草原共有大小十三处泉水、七个湖泊以及二十条河流。蜿蜒在草原上的开都河更素有“九曲十八弯”的美称，在中国四大名著之一的《西游记》中，开都河还有一个脍炙人口的名字——通天河，传说唐僧

取经的“晒经岛”就在和静县境内……我们的车便沿着开都河在平坦辽阔的草原上，蜿蜒曲折地一路前行，蓝色如海的河水，就如同巴音布鲁克草原的泪水一般，纯净得没有一丝矫饰，静静地滋养着这片土地……

开都河有一条支流叫巩乃斯河，河的上游便是著名的巩乃斯林场所在地。不同于草原“风吹草低见牛羊”的景象，林场倒是漫山遍野的松树和野花。

巩乃斯林场因为四季分明、景色秀丽，被许多人视为巴音布鲁克草原上的一处森林公园。这里每季的景色都有显著特点，春天是满目的新绿，夏天则百花斗艳，到了秋天，满树红叶层林尽染，而冬天则是一派银装素裹……

当然，我觉得在巴音布鲁克草原上最激动人心的体验，还是亲身感受每年农历六月初四的东归那达慕艺术节。

六月初四是蒙古族土尔扈特人的传统节日“塔格楞节”，东归那达慕艺术节即源自于此。当天，在塔格楞山上，一早便有身穿袈裟、手执法器的喇嘛端坐在蒙古包外，诵经祭佛。蒙古族及藏族的信众，则身着盛装，

在香烟缭绕中，围着草原上最大的敖包走动诵经，悬挂经幡，礼佛祭神，互相祝福，以求山川宁静、人畜两旺。之后便有赛马、摔跤、射箭、赛牦牛、赛骆驼、斗羊、刁羊和服饰表演……

我们在艺术节上终于看到巴音布鲁克草原的“三宝”：天山牦牛、查腾羊和焉耆马。

巴音布鲁克的天山牦牛原产于青藏高原，是第五世生钦活佛多布栋策楞车敏从西藏引进并发展而成。牦牛体质强健、耐寒耐劳，被称为“高原之舟”。

查腾大尾羊以肉脂著称，是巴音布鲁克草原上特有的品种。这种全身纯白、唯独头部黑黄的大尾巴羊，是土尔扈特部东归时带回的欧俄羊种与当地羊种杂交驯化而成的，被誉为最负悲情的羊群。

“三宝”中最令人骄傲的便是有“土尔扈特人翅膀”之称的焉耆马。焉耆马体形高大健壮，性情驯良耐劳，“策鞭奋蹄驰千里”，它被称为是土尔扈特人最亲密的朋友……

TIPS 01

巴音布鲁克草原

巴音布鲁克草原位于天山山脉中部的山间盆地中，四周为雪山环抱，是新疆最重要的畜牧业基地之一，也是仅次于鄂尔多斯草原的中国第二大高山牧场。

TIPS 02

土尔扈特东归

乾隆三十六年，土尔扈特部首领渥巴锡为摆脱沙俄压迫，率领部众冲破沙俄重重截击，历经千辛万苦，胜利返回祖国。土尔扈特部的回归为巩固中华统一的多民族国家，写下了可歌可泣的光辉篇章。

微醺在大漠的乡都酒堡

如今在新疆巴州旅游，乡都酒堡绝对是几乎所有人的必到之处。谁不想感受一下茫茫大戈壁上的这片绿洲？谁又不想亲历这片绿洲上的法国风情和浪漫？乡都酒堡作为新疆最著名的葡萄酒产区仪尔乡都庄园的一扇窗户，以它靓丽的形象、异域的风情吸引了无数游人流连忘返……

将企业打造成一个风景优美的旅游景区，让人们在轻松享受的氛围中，了解中国葡萄酒的前世今生，感受中国葡萄酒文化的丰富多彩，接触中国葡萄酒农对土地和葡萄的那份感恩和厚爱……这就是李瑞琴的情怀，二十年来始终没变过。

2005年，被誉为生态旅游景区的乡都酒堡，获得了全国工业旅游示范景点的称号；2010年，又被授予“全国AAA级旅游景区”；同年10月，在南京汤山举办的第三届中国（国际）休闲发展论坛上，乡都酒堡被评为“2010年度中国最佳休闲酒庄”。

乡都酒堡有太多的与众不同，有太丰富的内涵和外延，有太绚丽的创新意识，这一切足以让它在同行中成就它独一无二的辉煌……乡都酒堡伫立于霍拉山下的茫茫戈壁滩上，弥漫着新疆民俗的奇异风情和戈壁大漠的自然景色，而蓝天下那一排古罗马风格的欧式廊柱建筑群，则让人感受到了浓浓的异域风韵……有游客说，面对乡都酒堡的这群古罗马建筑，如闭上眼睛，便仿佛置身于古罗马的历史洪流中，听见的是猛兽嘶吼，所闻的是剧场人声沸腾……而睁开眼睛，又真切地感受了静谧而祥和的氛围……

乡都酒堡是法国著名的建筑设计师，也是李瑞琴早期的合作者伊芙先生的大作。当年这位酷爱葡萄酒的大师与李瑞琴一拍即合，不仅愿意参股乡都事业，还愿意担当乡都酒堡的设计工作。李瑞琴说，伊芙先生不仅是赫赫有名的建筑师，更是著名的艺术家和艺术策展人，与毕加索齐名的法国雕塑家沃尔蒂的所有作品巡展的策展人和作品代理者便是伊芙先生。2016年是沃尔蒂诞辰百年，伊芙先生在中国为沃尔蒂作品进行了巡展，尤其是在上海中华艺术宫的展出，在上海引起轰动，得到十分热烈的好评……

所以乡都酒堡与众不同，是因为有太多的艺术和文化，而这一切便来自伊芙。李瑞琴曾自豪地说，在乡都，无论是酒堡还是庄园，我们的艺术气息和氛围是别的葡萄酒企业无法比拟的……而乡都那瓶最受我喜欢而后来也被事实一再证明的安东尼干红，就是法国酿酒师的杰作，而那款惊艳的酒标便来自沃尔蒂的儿子，也是法国著名画家的尼古拉斯·安东尼先生。

来此游历的游人对乡都的葡萄酒文化有着深刻的印象，他们说怎么也没想到在大漠深处，乡都的酒文化竟如此浓郁和鲜活。

乡都酒堡由两部分组成，四万亩绿色生态葡萄园和乡都酒堡特色建筑群。酒堡处在葡萄园林的环绕中，七公里的葡萄长廊像一条绿色丝缎随风而起，宽阔的绿草坪、宏伟的罗马柱以及曲径通幽的葡萄甬道和错落有致的林带点缀在田园间，构成了一幅幅美丽的图画。

走进酒堡，最先映入眼帘的是一个张开怀抱迎接四方来客的罗马柱广场，十六根擎天的罗马柱，犹如酒神。在它身后，是一座风格古朴、造型简约的长弧形建筑，那就是乡都酿酒发酵车间。它宛如一位美女，静卧在霍拉山下，聆听远古农耕文化和现代文明的喁喁私语。

在宽敞的罗马广场正北面，同样是一座法式弧形建筑，那就是乡都葡萄酒文化馆。这里用大量的实物、图文和古董，向人们展示着乡都葡萄酒的前世今生。欧式的墙壁地砖和优雅的水晶吊灯映射出柔和昏黄的光线，让这个葡萄酒博物馆透着一股神秘与高贵的气息……在酒架上林立着乡都酒业的各色产品，墙壁上则悬挂着有关葡萄酒文化的壁画作品，中西文化在这里完美交融……

出了博物馆，便来到乡都的休闲酒吧。柔和的灯光映衬着吧台，显现着一片温馨……在美妙的音乐中，人已经微醺，乡都美酒在剔透的高脚杯里慢慢醒着，如睡眼惺忪的美女马上要梳妆打扮一番，于是一看二闻三品四回味，酒的香气缓缓通过鼻腔进入身体，柔滑的酒体也顺着舌尖慢慢流入，香气与液体在身体里交织回旋，此刻便能深深地体味到乡都“在新疆酿制法国葡萄酒”的理念和文化追求，更能品出葡萄酒的美妙与文化精髓之所在。

乡都酒窖是乡都酒堡的灵魂……乡都共有两座风格迥异的地下酒窖。一期地下酒窖需要走一段楼梯才能到达窖底，窖内沉睡着成排的法国橡木桶；而二期酒窖则浩然大气，醇厚的酒香令人迷醉……

乡都所拥有的得天独厚的生态气候条件，无工业污染、大气纯净以及天山雪水融入地下一百五十米深层的纯净水保证了葡萄原料绿色无污染的天然品质，使得葡萄在生长过程中无病虫害，加之葡萄种植管理上严格按照有机食品的要求，是一个纯粹的绿色生态庄园。

另外，乡都酒堡所采用的原料完全来源于乡都葡萄种植基地。新疆地区充足的阳光和巨大的昼夜温差，赋予了葡萄完美的色泽和糖分，使乡都美酒成为真正意义上的高品质绿色生态葡萄酒。乡都一直以来凭借其有机的健康产品，致力于高端葡萄酒的酿造，以法国先进的工艺技术和科学的酿造经验为保证，依照法国传统工艺，全手工选果，保证在摘果四小时内进罐发酵，完全顺应了法国传统的酒堡文化和“随心、随性”的酿造理念。

酿酒师根据每一罐酒在不同时期的变化来调整各项工艺，就像对待孩子一样对待葡萄酒，帮助每一罐酒实现真正的自我。正是这种人性化的酿造理念，缔造了乡都葡萄酒超凡的个性与鲜活的生命力。

在酒堡的酿酒车间，人们发现葡萄酒加工中有一个浸皮工艺。一般

的企业都是浸泡七天后直接进入下一个环节。而乡都酒业请来的法国酿酒师在品尝时却摇头说不，直到第四十七天，他品尝后才允许进入下一个环节。这个过程无形中延长了葡萄酒的生产周期，大大增加了企业成本，但保证了葡萄酒的质量。

为进一步提高企业的整体技术水平，开展更多领域的技术合作，乡都酒业与法国著名的CFPPA葡萄酒学院就葡萄种植、葡萄酒酿造及葡萄酒贸易和特殊教育等领域达成了合作协议，旨在更广泛地提升产业技术水平。此举不仅推动了产业快速发展，也积极有效地促进法国著名葡萄酒产区勃艮第地区与巴州地区及政府间的合作。

为发挥新疆特有的资源优势，乡都以葡萄品种研究开发为基础，以有机食品为发展方向，以高档酿酒、鲜食葡萄的生产、贮藏及销售为重点，发展葡萄深加工，构筑新疆绿色葡萄品牌概念……近年来，我国葡萄酒酿造副产物的利用，已取得一些成果，其开发前景十分广阔，但是综合利用程度还远远不够。现在乡都酒业拟与法国、日本及国内的相关科研院所进行协作，共同进行葡萄后产品的综合研发。同时，引进高新技术，加快开发以葡萄皮、籽、茎、叶等为原料的白黎芦醇生产项目，做大做强葡萄产业，以期产生最佳经济效益和生态效益。

乡都酒堡还是全体乡都人的“作品”，也是乡都员工的游赏胜地。

员工丁志红在日记中写道：“踏上焉耆这片纯净的土地，便开始幻想那美丽的乡都酒堡。她会是什么样子呢？放眼望去，这里是那么的绿色和自然，虽没城市繁华，却比城市更清新纯净。焉耆的天空是蓝的，晴空万里太阳暖暖地照在每个人的身上……一株葡萄树吸引了我，舒展的枝叶下挂着晶莹剔透的葡萄果实，那葡萄鲜艳欲滴、清澈透明……”

一位新员工写道：“我们坐上前往乡都酒堡的大巴，领略到孔雀河在夕阳下的宁静……当我们抵达焉耆七个星镇时，春风扑面，带着乡都酒堡醉人的气息……”

在栽种葡萄和建设法国酒堡时，乡都就确定了用观光农业和工业旅游来推动葡萄产业发展的思路，结合法国历史悠久的葡萄酒文化及新疆浓郁的西域风情，形成观光旅游特色，开发度假休闲的好去处。

乡都酒业计划在发展产业的同时，逐

TIPS 01

乡都酒堡

坐落于霍拉山下的七个星镇，宏伟壮观的乡都广场、独具特色的法式酒吧、源远流长的乡都葡萄酒文化馆、酿酒车间和橡木桶酒窖，让游客不出国门便能体会法国酒文化的底蕴。

TIPS 02

葡萄品种园

汇集了世界多个国家60余种葡萄，游客可在尽情游览葡萄园风光的同时，亲手采摘、品尝香甜的葡萄，享受大自然的赐予，领略别具一格的西域民族风情。

LES CHAMPS
VIGNOBLE DE CO.LTD

步将乡都葡萄庄园与乡都酒堡建设成观光农业和工业旅游的胜地。建立高档葡萄酒研究开发机构，引进国外先进的工艺技术和科学的酿造经验，发展高档葡萄酒，应用于保健、医疗行业和发展葡萄高科技，开发葡萄衍生产品，并利用资本运作手段，执行现代企业制度。

今天，乡都正引领并带动着发挥本地资源优势的葡萄产业，致力于有机绿色食品的发展方向，以葡萄品种研究开发为基础，以高档酿酒、储藏、销售为重点，发展葡萄深加工，构筑新疆有机绿色葡萄品牌概念，为逐步实现新疆葡萄产业化、规模化、品牌化发展战略构想而努力。

TIPS 03

葡萄长廊

蜿蜒七公里的葡萄长廊曲径通幽，是乡都度假村的一道靓丽风景线。徜徉其间，各种葡萄琳琅满目，让游客目不暇接、流连忘返。

七个星佛寺和《弥勒会见记》

我随着杨总爬上山梁，放眼望去，一望无际的沟壑起起伏伏、蜿蜒数里……虽然在漫长的岁月中受到大自然的侵蚀和人为的破坏，但依旧壮丽无比。尤其是那上下排列五层、高低错落有致、鳞次栉比形如蜂房鸽舍的佛寺遗迹，在历经千年风霜后竟然还是那么雄伟壮观。

2014年秋天，我在从库尔勒机场驱车前往仪尔乡都庄园的路上，在经过一道低矮的山梁和土坡时，乡都酿酒总工杨华峰把车停了下来。他对我说："刘老师，你真是有福气呀，今天还能亲身感受这么伟大的佛寺遗址，下次再来就围起来看不到啦……"

七个星佛寺遗址地处古丝绸之路北道，位于新疆焉耆县七个星乡西南部的一道低矮的山梁和坡地上。始建于晋代，是佛教东传过程中一处重要的佛教场所的遗存，也是西域三十六国之一的焉耆国中最大的一处佛教场所。由地面寺院建筑和洞窟建筑两部分组成，至今寺院残存建筑共有九十三处，洞窟残存十一窟。

遗址迄今最伟大的发现就是出土了吐火罗文书写的纸质文书——《弥勒会见记》等一批罕见文物。

《弥勒会见记》原始剧本残卷 1954 年在新疆哈密县一座古房废地中发现。据有关专家考证，剧本由圣月菩萨大师依据印度原本译成古代焉耆语，又由智护法师从古代焉耆语翻译为突厥语。

《弥勒会见记》是讲述佛教的未来佛弥勒生平事迹的一部原始剧本。作品描述了弥勒菩萨在弥勒净土上的各种趣事见闻。

联合国教科文组织在现场实地认证后表示，七个星佛寺遗址在世界范围内，对研究古代焉耆史乃至西域社会发展史、佛教史、戏剧史等都具有重要的历史价值。

七个星千年佛寺遗址，距今已有一千七百多年的历史了。它是新疆仅有的佛塔、佛殿、讲经堂和僧房生活区并存的建筑群遗址，曾是晋唐时期焉耆国的佛教中心。

整个佛寺遗址占地面积逾四万平方米，寺院遗址分南、北两大部分，以遗址中部的泉沟为界，由地面寺院建筑和洞窟建筑两部分组成。

七个星佛寺遗址中十一处洞窟位于寺院西北部约一公里的霍拉山低矮

的山腰处，大部分坐东朝西，门朝西开。洞窟内佛像无存，只残存佛像基座。2、3、5、7号窟内有少量的朵云纹、飞天等壁画遗存，曾出土泥塑佛、菩萨、天王、供养人等头像。

有的洞窟里残存中心柱、基座，洞窟顶上隐约能看到曾经色彩丰富的壁画。飞天、缠枝莲花纹的线条依稀可辨。最美的雕塑多为木骨泥塑，有佛、菩萨、比丘、供养人像等，他们大多形态典雅、面庞圆润、细眉高鼻、小嘴厚唇、略露微笑。焉耆佛教艺术早期受犍陀罗影响，晚期的彩绘泥塑，表现出强烈的东方审美情趣。雕塑人物形象与彩绘壁画相结合是焉耆佛教艺术的一大特点。

在19世纪末20世纪初，欧美各国和日本探险家纷纷进入新疆，寻找古迹，挖掘遗址，拿走文物，先后来到七个星佛寺遗址的就有斯文·赫定、格伦威德尔、斯坦因、奥登堡等人，他们拿走大量可移动文物，并切割壁画，使该佛寺遭受严重破坏。

尤其是1907年，瑞典探险家斯坦因在这里窃走了大量写经废纸和泥塑佛像以及木梳人像、佛头、绿色瓷砖、壁画及木雕佛像等文物……

中国绘画史源远流长，具有丰富的传统和珍贵的遗存。特别佛教东传以来，佛教艺术随着中印两大文明古国的文化交流传播开来，佛教的题材和内容扩大了中国绘画的视野。外来的不同风格艺术的影响，促使中国绘画从内容到形式进行新的探索，在一定程度上也促进了中国绘画艺术写实手法的进一步发展。从此，绘画场所由宫殿、墓室走向石窟寺院，绘画内容从表现统治者生活转向宗教题材，在更广泛的范围内与人民群众发生联系，这就为中国美术的突变准备了条件。

七个星佛寺的石窟画、佛寺壁画和传世卷轴画，虽因岁月风霜只存遗迹，但它依旧是中国绘画长廊的有机组成部分。又因留存至今的画史资料，或记载缺失，或语焉不详，现存国内外的卷轴画作品已经为数不多了，因此，七个星佛寺残存的石窟壁画被海内外专家一致认为是目前研究中国绘画史的最珍贵的资料。

TIPS 01

七个星佛寺遗址

七个星佛寺遗址地处古丝绸之路北道，位于新疆焉耆县七个星乡西南部的一道低矮的山梁和坡地上。始建于晋代，是佛教东传过程中重要的一处佛教场所的遗存，也是西域三十六国之一的焉耆国中最大的一处佛教场所。由地面寺院建筑和洞窟建筑两部分组成，至今寺院残存建筑共有九十三处，洞窟残存十一窟。

TIPS 02

《弥勒会见记》

《弥勒会见记》原始剧本残卷1954年在新疆哈密县一座古房废地中发现。据有关专家考证，剧本由圣月菩萨大师依据印度原本译成古代焉耆语，又由智护法师从古代焉耆语翻译为突厥语。

《弥勒会见记》是讲述佛教的未来佛弥勒生平事迹的一部原始剧本。作品描述了弥勒菩萨在弥勒净土上的各种趣事见闻。

高密人杨华峰的微醺生活

这位莫言的高密老乡，却一点都没有山东高粱地里长大的人的那种粗壮和魁梧，反倒像个南方人，清秀而白净。他说他天生是读书的料，那时就梦想通过读书到城里工作，改变自己的命运。他在读高二时，就已经参加了高考，当时报的是上海第二军医大学，但最终没有考取。后来他考到了北京的大学，读了生物化学工程的酿酒专业，从此跟葡萄酒结缘……

说起与乡都的结缘，杨华峰觉得就是个缘分。其实李瑞琴很早就认识杨华峰，当时总感觉这小伙子不错，年纪虽轻但已在这个行业里干出了一番事业。尤其是他对国产葡萄酒的理念和未来市场的把持，与董事长有非常相似的认同。但因为杨华峰当时在别的企业重任在肩，李瑞琴不好意思硬挖。

直到很多年后的一天，李瑞琴得知杨华峰想换个环境，于是便给杨华峰去了电话："那就来乡都吧！"

2013年，杨华峰正式加盟乡都，担任乡都生产总经理和总酿酒师。

李瑞琴后来说，她的这个电话，不仅邀来了杨华峰，更是让乡都葡萄酒的品质上了一个新的台阶。

因为李瑞琴和杨华峰有共同的理想，都希望依托新疆独特的环境优势，用高品质的葡萄酿高品质的酒。事实证明，随着杨华峰的到位，乡都葡萄酒的品质的确上了一个台阶。

杨华峰说，他尽可能让产品更扎实、更接近市场的需求，并且把产品更细化。乡都葡萄酒原来是老世界风格，但这些风格的酒在杨华峰看来有时并不适合市场的需求，因此要转变，要更贴近市场……于是，杨华峰开发出了品丽珠系列。通过几年的科研和实践以及经验，如今乡都的品丽珠系列已是整个新疆产区最具竞争力的产品了。要喝品丽珠，那就得喝乡都的，尤其那款明星级别的“安东尼”，原先是赤霞珠或混酿，自从杨华峰用了品丽珠后，不仅酒体更醇厚、香气更浓郁了，而且口感也较之前好很多，既不失老世界的高雅，又加入了新世界酒的浪漫和轻盈……这款品丽珠一推出来便获殊荣，日前荣获了在北京举行的布鲁塞尔国际葡萄酒大赛银奖以及 2018 年中国最佳葡萄酒金奖……

杨华峰告诉我，因为乡都的品丽珠惊艳问世，目前新疆其他酒庄基本不再研制或打造品丽珠这款葡萄品种了，他们觉得乡都的品丽珠系列产品已领先他们好多年……

早春 2 月，大约在惊蛰之前葡萄经过冬天的自然澄清后要尽快进入橡木桶中沉酿，经过两次发酵的葡萄汁此时已酿成葡萄酒，但酿酒师却要让它们在恒温恒湿的环境中静静地成长一年的时间，等到它们的表现令酿酒师满意之后，才会被送到橡木桶中去升华。因为，静静的酒窖里，每一只沉睡的橡木桶中储藏的只有一亩地的葡萄精灵。而当它们在桶中经过六到十八个月的升华之后，绝佳的口感和色泽都成了酿酒师的惊喜和骄傲，酿酒师便会将酒灌入瓶中，封上天然的橡木塞，真正的储藏开始了。

已经从事葡萄酒行业二十六个年头的杨华峰，头顶的不仅是新疆乡都酒业的总经理和酿酒师的头衔，他身上还闪烁着更亮丽的光环。他还有着“中国酒业协会葡萄酒专家委员会专家委员、中国食品工业协会葡萄酒委员会专家委员、烟台中国葡萄酒质量检测中心国家标准委员会专家委员、新疆南疆葡萄酒协会发起人与名誉会长、一带一路国际葡萄酒大赛专家顾问”等多重身份，并连续三届担任国际最权威的布鲁塞尔国际葡萄酒大赛评委。

今年 5 月，我在乡都与杨华峰吃住在一起共五天，晚上就着七个星浩瀚夜空下的星星，我们在聊葡萄酒和人生……杨华峰说，前三十年，中国葡萄酒行业经历了快速发展阶段。近两年，进入了缓慢调整期。但整体的趋势依旧是市场需求不断增长、不断扩容，越来越多的消费者开始关注并消费葡萄酒。同时，在国际市场的影响力也越来越大，无论是走出国门去宣传推广，还是荣获国际奖项，都受到了越来越多的肯定。

我问杨华峰，以他在酒界二十多年的体会和眼光，中国葡萄酒未来的发展趋势如何？

他说，首先生产企业会越来越重视葡萄种植基地的建设。随着企业

“三分酿造，七分种植”理念的加深，纷纷开始建设可控化程度更高的生产基地，这将为优质葡萄酒的生产带来很好的基础。其次，葡萄酒企业会越来越重视品牌与文化，葡萄酒在大众消费者日常生活中出现的频率也会越来越高，比重也会逐渐增加，未来将会稳步发展。当然，产品风格和口味自然也会越来越多样化。

杨华峰认为，酿酒不仅是技术活，更是一门艺术。好的酿酒师就是艺术家，在酿造过程中，要运用自己独特的创造力和想象力，将情绪感受体现在酒品上……每一款葡萄酒，都如同画家的作品，不管他是哪一年画的，梵高就是梵高，莫奈就是莫奈，绝不会混淆……

我问杨华峰有啥喜好。他说喜欢做菜。这倒是的，每次来乡都，他总会去葡萄园里替我摘点野菜、炖肉烧鱼……后来知道，杨华峰的太太、孩子都在北京，他最愿做的事就是探亲回家时，能替太太孩子做几道美味佳肴……

TIPS 01

品丽珠

为法国古老的酿酒品种，世界各地均有栽培。它特有的个性是浓烈青草味，混合可口的黑加仑子和桑葚的果味，因酒体较清淡，在当地，它的主要功能是调和赤霞珠和梅洛。不过世界知名的Chateau Cheval Blanc（白马酒庄）却以它为主要成分来酿制高端酒。

奥尔德克和最后的罗布人

如今很少有人知道奥尔德克这个名字了，但奥尔德克和他代表的罗布人却足以在中国甚至世界考古史上留下浓墨重彩的篇章……

二百多年来，几乎所有西方探险家和中国探险家组织的对西域的考察，其向导都是罗布人。而最著名的罗布人便是担任过斯文·赫定向导的奥尔德克。在他的引导下，1900年夏天，斯文·赫定发现了消失整整一千三百多年的楼兰古城遗址。

1899年的初夏，赫定沿着塔里木河，再一次进入了塔克拉玛干大沙漠。他清楚地知道，只有做一次史无前例的罗布荒漠南北穿越，才能探明当时考古界关于“罗布泊的位置之争”。

流入塔克拉玛干大沙漠的塔里木河，可能是世界上最神秘莫测的河流了。“塔里木”在古突厥语中，意为“注入湖泊、沙漠的河水支流”。

“无缰之马”确实是塔里木河的一个形象比喻。它是中国最大的内流河，水系复杂，河道摆动无定，水量更是难以捉摸。历史上，罗布泊就是塔里木河的河水汇成。但赫定来到塔克拉玛干大沙漠的时候，罗布泊早就从一个湖泊变成了罗布荒原。

那一年，塔里木河水量丰沛，赫定顺着河水一路漂流。12月7日，他的船队驶入塔里木河的一处叫做“新湖”的湖泊，其下游的河流已经完全结冰，无法漂流了。旅队在湖泊边停下来，赫定派来的陆路分队已经等在那里。

赫定扎营的地方是现在尉犁县南端一个湖泊的出入口，从这里向西北行三天就能到达库尔勒镇，附近也有一些维吾尔族村落。赫定觉得这里方便补给，便选定此处作为考察的大本营。

按计划，这一次他要从塔里木河穿行到南方的车尔臣河，行程大致为三百公里，时间约为二十天。离开大本营，他们也就离开了水源，在整个行程中，唯一能够补充水源的，是一个被罗布人称为“阿提米西布拉克”的淡水泉。

“阿提米西布拉克”从18世纪后期为探险家探悉，是这个“死亡之海”中几乎唯一的水源补给地，是进入罗布荒原腹地的最重要的中继站，找到它，要靠运气，或者找到一个知道“阿提米西布拉克”淡水泉位置的罗布人。

赫定这次探险似乎受到了幸运女神的眷顾。他在他的同行俄罗斯探险家普尔热瓦尔斯基的探险游记中读到过，“阿提米西布拉克”淡水泉的具体位置，除了一个叫“阿不都热依木”的罗布人外，谁也不知道。普尔热瓦尔斯基在书中描述，阿不都热依木是一个矫健的猎人，是在追踪一匹受伤的野骆驼时，意外地发现了淡水泉的……但是到哪里去找阿不都热依木呢？普尔热瓦尔斯基并没有在书里写清楚。

非常幸运的是，赫定在大本营附近遇到了几个罗布人。赫定学过古突厥语，能够和罗布人进行交流。巧的是，这一次赫定遇见的罗布人中，有一个人竟然是阿不都热依木的弟弟。于是，阿不都热依木的弟弟和另外几个罗布人都加入了赫定的驼队。

1900 年的春天，万物复苏之时，赫定和他的驼队出发了。这个三十五岁的瑞典探险家绝对料想不到，他的幸运远远不只是轻而易举地找到淡水泉。

根据赫定的游记《我的探险生涯》所述，1900 年 3 月 23 日傍晚，他和他的驼队在“阿提米西布拉克”淡水泉边的胡杨林中宿营。第二天，他们把所有的麻袋都装满了冰块。在冬季的沙漠中，冰块比水更容易携带，而且不会变质。这个做法据说至今仍是沙漠探险队的一大法宝。

从“阿提米西布拉克”淡水泉开始，赫定做着细致的大地测量，一路南行。

“阿提米西布拉克”是广袤沙漠中的一片狭小绿洲，稀疏的胡杨林外就是一望无际、寸草不生的荒漠。赫定在探险日记中记载，这片沙漠并不像通常那样细沙堆积成高高低低的沙丘，更常见的是红褐色的土丘、丘陵。走了不久之后，他们觉得自己置身于一个干涸了千百年的大湖湖底，地上的蜗牛壳、贝壳随处可见。死去的胡杨林也频频出现，似乎在昭示着，很久以前这里曾经水草丰美。

五天之后，驼队经过了一片荒丘。在沙包的环绕中，竟然有几间房子。赫定让队伍在一座“土楼”旁停下来休息，自己则研究这几间房子。他拿一把铁锹不断挖掘，挖出了几枚中国古币、几把铁斧、一些木雕。远处，还可看到几处土楼。

赫定原以为，这是罗布人因为逐水而居放弃的过渡性村落，但是同行的一个名叫奥尔得克的见多识广的罗布人否定了他的猜测。奥尔得克肯定地告诉赫定，这一带被视为绝域，罗布人从不涉足。

整个队伍中没有人知道这个村落的由来。虽然有些许好奇，但谁也没有把注意力放在一个不知道废弃了多少年的村落上，他们的目的地还远在上百公里外，在这里每耽搁一分钟，就会给后面的行程增加一分危险。

赫定很遗憾地离开这处遗址。傍晚，探险队来到一处凹地，里面竟长着几株活的红柳。这说明脚底下有水源，赫定决定赶紧挖井。但此时奥尔得克懊恼地对赫定说，他可能把铁锹遗落在下午经过的那个无名遗址了。那是全队仅有的一把铁锹。奥尔得克深知它的重要性，表示自己愿意赶回去寻找铁锹，然后再沿着探险队的足迹追上来。

他们的宿营地与那个遗址已经有半天的路程，奥尔得克往返要第二天了。可是，刚到半夜，忽然狂风大作，飞沙走石吹打着宿营地的帐篷。赫定担心单枪匹马去取铁锹的奥尔得克，但能做的也只是为他祈祷。出乎大家意料的是，奥尔得克中午安然无恙地回来了，手里拿着那把铁锹。不仅仅是一把铁锹，奥尔得克还带回了一个奇特经历和几块雕刻精美的木板。

奥尔得克说，他出发没多久就赶上了大风暴，路面上狂风卷起流沙，探险队原来的足迹完全消失了。他迷失了方向，只能慢慢摸索，竟然找到了一片土楼和房子。不过，这个土楼不是他们之前经过的那个遗址。这片房屋里有一些美丽的雕花木板，屋里散落一些钱币和雕像，四处都有，数量众多。从那里，奥尔得克再折向他们白天停留过的遗址，找回了铁锹。

赫定仔细端详着那几块浮雕木板。他能确定，这是一两千年以前的装饰板，而且从其精美的制作水平来看，装饰的绝不是普通人家。这样的东西竟然出现在被称为“生命禁区”的罗布荒原，一下子激起了赫定的好奇心。凭借丰富的历史知识，他几乎断定，那片遗址是一个千年以前的人类聚居区，规模很大，文明程度很高。

于是，赫定当即提出让奥尔得克带他找到这个神秘遗址，但奥尔得克和罗布人却不同意这样做。探险队的食物和冰块已经不足以支撑这个突然多出来的考察计划。是继续向南走，还是折回去考察神秘遗址，赫定只能二选其一。

赫定后来在回忆这个片段时说："当时我只是作了一个简单的利弊判断，就马上决定明年冬天再回到罗布沙漠。奥尔得克答应并保证明年一定把我带到他发现木雕板的那个古迹。他忘记带上铁锹不是一个过失，而是一种运气，否则我永远也找不到那个遗址，永远完成不了这样伟大的发现。"

1901 年的春天，斯文·赫定如约回到了"阿提米西布拉克"淡水泉，再一次把探险队的麻袋装满了冰块。他重新组织起队伍，让奥尔得克带着他去寻找那片神秘的遗址。

3 月 3 日，沉睡十几个世纪的楼兰古城，迎来了跨越千年的探访者。赫定的探险队竟然在茫茫沙海中看到了一座佛塔。在佛塔脚下，气势恢宏的古城散落分布在一条运河的两岸。

佛塔所在是一处寺庙废墟，从废墟中还可以想象出当年的壮丽。佛寺周围是一座园林，而园林南方正是罗布泊延伸过来的宽阔水域。遗址有间房屋仍然屹立，千年风沙也未将其吹倒。赫定后来在探险记中叙述了他初见楼兰古城时的惊愕："这片遗址如同中了魔法而睡着，异常沉静。似乎城中居民刚刚匆匆离去，我们就接踵而至了。整个古城，就像是一个市场，一辆马车的巨大实木车轮刚刚修补完好，等待重装，一栋房舍的大门半掩着，似乎正等待远客到来……"

赫定马上和助手一起开始挖掘考古。

赫定先挖掘的是 1900 年他们短暂停留过的"土楼"，它们是用砖、胡杨木、芦苇、红柳堆砌而成的，已经坍塌破败。距土楼几百米处有十九

间房屋。所有的房屋几乎都是木制的，墙壁则是用一束束的柳枝糊泥巴构筑而成。有三间房屋的门框依然挺立不倒，还有一扇门是敞开的。想来古城里最后一位居民推门离去后，这扇门就一直保持着这个姿态。

在这处遗址，赫定只找到一些毛毯碎片、陶器碎片、中国钱币、断头绳子、靴子底和家畜的碎骨头。随后，赫定移师到奥尔得克所发现的遗址，这个遗址规模较大，像是一座城池。激动人心的挖掘持续几天。赫定对每一间屋子都进行了仔细的挖掘，他挖出很多宝贝：一米多高的佛祖雕像，刻着佛祖盘坐姿势的水平壁饰，雕琢极富艺术色彩的佛祖立像，莲花与其他种类花朵的饰品，以及一些不完整的半身雕像等，这些雕塑都是木头的，保存得很好。

一间被太阳烤干的泥巴屋，里面有三道马槽，估计是当时的马厩。在这间屋子里，赫定挖出了最宝贵的东西。他们在一个马槽里发现了一张纸，上面写有若干汉字。扒开马槽下的沙土，用手指把沙子和尘土过滤掉，结果一张又一张类似的纸片接连出土，总共有三十六张，每一张上面都写满汉字。另外还找到一百二十一根小木棍，棍子上镌满篆刻的铭文。

在一座由三间房子构成的建筑跟前，驮夫捡起一块小木板看了看，又随手扔在一边。斯文 · 赫定却在一瞥间，惊喜地看到那上面有黑墨写成的文字，马上如获至宝地将其捡了回来。这些文字不是阿拉伯文也不是中文，不是蒙古文也不是藏文，即便是通晓古突厥语、鞑靼语、土耳其语等古老东方语言的赫定，看到这些文字也如看天书。而刻有类似文字的木简不断出现，是汉字之外出现最多的文字。在这些不明所以的文字中，赫定注意到一个反复出现的词汇。

这个词赫定很眼熟，他在翻阅中亚的历史典籍时曾多次见到过，但这个词究竟是什么意思，自己并不清楚。他根据典籍中对这些古代字母、词汇的注释，将这个词用拉丁字母拼写成“*KOKALNA*”。

斯文·赫定虽然极具语言天赋，而且有博士学位，但术业有专攻，在考古方面可以说是“门外汉”。在获得博士学位后，他没有听从老师的建议，以贯通历史地理的研究方法学习考古，而是迫不及待地开始了他的探险事业。所以，这些让他兴奋却又如坠云里雾里的探险收获，只能带回欧洲交给其他科学家进行评估。

虽然并不能马上指出自己究竟发现了什么，但是赫定知道自己的发现将引起轰动。他在自己的游记《中亚与西藏》中如此描述当时的心情：“对这些文书断片的辨认，将要无可置疑地把它的证言作为我辛苦探索的回报。它们将要把印记印在这整个的工作上，这工作是我几年来生活的主要内容。它们将要述说，这湖在什么时候存在过，什么人在这里居住过，他们生活在怎样的状态中，和中央亚细亚哪些部分有过来往，甚至于他们的国家叫做什么名字。这个可以说是被沙尘所湮灭了的国家，他们的历史往事老早就归入遗忘之乡，而他们的命运已经被历史删除。这一切，我希望有重见天日的机会。”

后来，经过多个语言学家的分析，木简上的文字被认定属于一种古印度文，有“城市”的含义，也是一个消失了十几个世纪的古代中亚国家的名字。

而这个消失的国家就叫“楼兰”。

都说是斯文·赫定发现了楼兰，但我觉得罗布人奥尔得克至少有一半的功劳，如果没有他的坚持和引领，斯文·赫定也许永远也不能寻找到楼兰古城，而楼兰古城也许至少要继续消失在人们的视线里许多时光……

听说奥尔得克有个后代生活在尉犁县城的罗布人村寨，所以来到巴州便直奔罗布人村寨。

罗布人村寨，位于尉犁县城西南三十五公里处，距库尔勒市南八十五公里处。村寨方圆七十二平方公里，有二十余户人家，是目前中国西部地域面积最大的村庄之一。不仅如此，这处罗布人世代居住的世外桃源，还是中国甚至世界最美的村庄。浩瀚的塔克拉玛干沙漠、蜿蜒美丽的塔里木河、挺拔苍翠的胡杨林以及花海弥漫的草原和雪山湖泊在罗布人村寨交汇，让罗布人的这个目前唯一的聚集地成了最美村落。

从库尔勒市出发，经过七十多公里的路程，便到达位于尉犁县城西南三十多公里处的罗布人村寨。进入村寨，木结构小屋、星罗棋布的海子以

及海子中的迷宫和村头的祭坛，还有烽火台、太阳墓、茶园……

我是在村头的祭坛边，见到传说中的奥尔德克的后人，一位名叫库尔班·库图鲁克的老人。老人头戴象征健康的船帽，满是风霜的脸上那一道道的皱纹是悠长的年轮留下的印迹，而那一把长长的白胡须在风中飘逸，仿佛在讲述那将逝去的罗布人的岁月……老人自我介绍说，他已年过百岁，是奥尔德克的第十二代孙子。他们原来居住在罗布泊的阿不旦，当年是穿麻衣、吃鱼和野兽为生。

库尔班·库图鲁克老人说，他以前见过前来罗布泊考察的外国人，并且和他的遥远的祖先一样，也给外国探险队当过向导。

老人打开一个陈旧的日记本给我看，里面有两三页写满了维吾尔文字。他说上面记录着一位已故百岁老人口述的关于罗布人的传说。传说的大意是，古代罗布人身高力大，一个人可以拔起坎土曼把子那么粗的红柳树。打猎用红柳做木夹，里面装入短矛可击伤野兽腿脚。弓箭也是用红柳制作的，每发必中。

两百年前，罗布泊地区发生瘟疫，大量罗布人死亡，活着的便纷纷外迁。有些人沿着塔里木河迁到现今的尉犁县，还有一些人迁到了和田地区，仅有极少一部分人仍留在罗布泊旁的县城米兰。

老人如数家珍，我则从这些珍贵史实中，感受到了罗布人的风云际会。

告别了老人，穿过了村寨，一座长长的木制索桥横跨在塔里木河上。

走过索桥，便来到村寨南端的塔克拉玛干沙漠。黄昏时分，怀抱着清泉的沙漠，在绚丽的晚霞里披着美丽的波纹，夏日阳光下的沙丘，瞬间成了一座座褐红色的山峦……

胡杨萧萧，绵延千里……塔里木河畔的胡杨如钢铁般的巨人守护着这座罗布人最后的家园。

沙丘南面是著名的大海子，人们把海子称为“神女湖”，只因为这个湖泊的形状很像一位静卧的神女。也有人说每当夜半时分，海子里就会出现几位亭亭玉立的神女。神女把许多飘香的花瓣撒到海子里，花瓣变成无数条欢蹦乱跳的鱼。第二天，罗布人便划着卡盆来到海子，能捕捞到很多鱼。

据说罗布人是中国少数民族部落中最擅长捕鱼更擅长烹饪鱼的。他们用的是家传的古法烤鱼，沿鱼腹剖开但鱼脊相连，用细的红柳枝将鱼展平，粗红柳枝一端沿鱼脊肉穿过，另一端就插在沙土里。像是张开了翅膀的鱼压弯了红柳，正好被一小堆燃烧的枯胡杨烘烤。

“除了盐，要是撒了其他调料，就不是我们罗布人的烤鱼。”正在烤鱼的大叔如是说。

今天，罗布人作为一个族群已不再存在了，仅有的百余人也已被称之为“最后”了。他们早已不再靠打鱼为生，罗布人不再穿麻布，不再喝罗布麻烧煮的茶……虽

TIPS 01

罗布人

罗布人，又叫罗布淖尔人。是指被中国官方划归为维吾尔族的一支，生活在新疆罗布泊地区，操维吾尔语罗布方言，以打鱼为生的土著居民。千百年来他们与世隔绝，如今，沙漠中只剩下了为数不多的“最后的罗布人”。他们在沙漠中的海子边打鱼狩猎，种庄稼，保持着原始的风俗习惯，其生活充满了神秘色彩。罗布人最具代表的民间歌舞是狮子舞和做饭舞，也是最受游客喜爱的民间歌舞。

TIPS 02

奥尔德克

历史上最有名的罗布人当数奥尔德克。他作为瑞典探险家斯文·赫定的向导，先后带领科考探险队发现了楼兰古城和小河墓地，令整个世界震惊。

然罗布人曾经原始而纯朴的生活早已成为历史。但因为罗布人村寨的存在，因为斯文·赫定，我们还能寻找和追忆罗布人古老而多彩的生活，了解奥尔德克和楼兰，了解那些几近消失的文化，饱览集沙漠、胡杨、河流、湖泊、村落为一体的自然景观……

TIPS 03

罗布人村寨

罗布人村寨，位于尉犁县城西南三十五公里处，距库尔勒市南八十五公里处。村寨方圆七十二平方公里，有二十余户人家，是中国西部地域面积最大的村庄之一。属琼库勒牧场，是一处罗布人居住的世外桃源，寨区涵盖塔克拉玛干沙漠、游移湖泊、塔里木河、原始胡杨林、草原。最大沙漠、最长的内陆河、最大的绿色走廊和丝绸之路在这里交汇，形成了黄金品质的天然景观。

绿草萋萋，白雾茫茫。几乎同外界没有联系的罗布人曾经日复一日悠闲地划着轻盈的卡盆，海子里有打不完的鱼。他们没有贪欲，没有烦恼和忧愁……

从勃艮第到七个星

勃艮第种植葡萄的历史，至少可以追溯到公元前 1 世纪。当时，居住在地中海和希腊的高卢人，开始将葡萄种子从瑞士传到勃艮第。而勃艮第葡萄酒真正意义上的发展，是在公元 11 世纪。与此同时，在法国乃至欧洲葡萄酒发展史上起过重要影响的本笃会，在勃艮第成立。

所以，在法国人心中，那个延绵数公里，被誉为“金色之丘”的名叫博讷的小镇，已成为勃艮第葡萄酒的圣殿，更是法国人的心灵驿站。

2001 年秋天的一个午后，一个名叫邹积赟的年轻人独自登上了巴黎开往勃艮第的火车。

高铁列车隆隆的轰鸣声，载着岁月的缅怀，在浪漫的南方田野上行驶着。沿途是一望无际的葡萄园，夕阳绚丽灿烂的余晖，把葡萄园染成了一片金色。在如画一般的葡萄叶子上，落日洋溢着闲适的优雅和喜悦。而在金红色裹着的枝蔓上，等待收获的葡萄在苍穹的寂寥中，显现着绰约的风韵。

如此美丽和富足的景致，让邹积赟充满神往和想象。他立志，一定要圆母亲、乡都酒业创始人李瑞琴“让七个星变成中国的勃艮第，让乡都的酒变成一支有生命的酒”的梦想。

天山南麓，风景悠然的七个星镇，数亿年形成的沙砾土壤上，成排的葡萄树伸向远方，这就是七个星的乡都葡萄园。

新疆最炙热的阳光给了天山南麓的七个星，每年这里的日照长度达四千四百四十小时，生物接受到的单位辐射热量更是新疆之最。东面博斯腾湖水域的季风，吹匀了较大的昼夜温差，也免去了突如其来的气候

变化与病虫的侵害。优质的沙砾土壤不仅利于根系向下生长，同时充分均衡土壤昼夜温度，这些都为七个星镇出产上等的酿酒葡萄提供了无与伦比的生态空间，也是乡都——这个生命起源地的每一个细小生命成长得无比精彩的理由！

在七个星的乡都葡萄园，为了保证每一滴酒的绝佳风味，人们对于葡萄生长进行了严格的控制。种植之初，严格测算田间距离，田间距离要恰到好处，这就很像一句古话“增之一分则多，减之一分则少”，乡都葡萄园每棵葡萄种植距离都精心测量过，以确保每一棵葡萄都是葡萄中的贵族。

而在葡萄成长过程中，人们会依据每株葡萄的生长情况，剪去过多枝条，保留长势较好的。开花期间，也并非所有花朵都能踏上成熟之路，只有向阳一面的才会被保留下来，以吸收充足的阳光，促进糖分的积累。而随着全球变暖的气候影响，赤霞珠在这里得到了更加有利的培育温度。

更值得庆幸的是，在这片葡萄伊甸园，从未发生过任何的病虫灾害。远离世尘的生态空间让这一切都被隔绝在外，当徐徐秋风刚刚吹过，葡萄在延续了浪漫期待和生命精彩中成熟。人们总是会不缓不急地等到它们糖分、酸度及单宁充分平衡的那一刻，召集有经验的采摘工，小心翼翼地将它们从枝头摘下，等待踏上酿酒之旅。

世界各地盛产葡萄酒的区域，都会有不同的制酒标准，乡都庄园也不例外。乡都的酿酒师将法国高级别的红酒 AOC 酿造标准结合七个星本地因素，对酿酒的每个环节，都加以明确规范，保证每一瓶酒的工艺质量。

将最好的葡萄酒献给世人，这是乡都的信念。如果你驾车经过天山南麓霍拉山下，看到那红砖砌就的欧式酒堡、彩色花卉与深绿色树叶相映下的颜色组合，你就会发现跳进眼中的色彩原本就是大自然赋予的。那就是乡都的颜色，热烈明亮的天山阳光赋予这里浓墨重彩的一笔。

TIPS 01

金色之丘

金色之丘是勃艮第的心脏所在，这里出产着勃艮第最美、最贵的葡萄酒。这片如黄金般辉煌灿烂的土地，它的名字是“Cote d'Orient”的缩写，但现在人们一般只取它的字面意思——“金色之丘”。

TIPS 02

博讷

博讷被称为“勃艮第葡萄酒之都”，它位于一片葡萄田连绵不断的金色之丘中，是一座展现了温和的气候和大自然带来的恩惠的城镇。建于15世纪的主宫医院使这座城市声名远播。

阿尔金山和祁漫塔格峰

很多年前，曾经在著名的瑞典探险家斯文·赫定的回忆录中见到过一幅画，那是赫定亲手绘制的阿尔金山图。

莽莽沙漠的背后，矗立着晶莹剔透的巨大冰川。日复一日，冰川上的融水流下来渗入黄沙，又从地底汩汩流过，从远方奔涌而出，在沙漠上绽开清澈的泉眼与湖泊。湖泉之水滋润出小小绿洲，供养着其上成群结队的野牦牛、藏羚羊，它们在天宽地阔的莽原上疾奔而过……

画中，青灰色天空下的阿尔金山山峦起伏、沟壑分明，浸没在一片金黄的沙海里。赫定勾勒出的线条卷成一个个漩涡，似乎整条山脉都在大风的席卷下移动。

这是 *1895* 年夏天，赫定带着他的探险队进入到了阿尔金山，但一阵狂风过后，赫定的照相机遗失了，面对层层叠叠、色彩斑斓的阿尔金山，赫定别出心裁地拿起了画笔，为阿尔金山挥毫画下了一幅宽幅的水彩画。

赫定在书中写道：“我眼前似乎整条山脉都在大风的席卷下移动。这恰如其分地描绘出了这片高原的地理特征：高海拔、严寒和荒凉……”

当我和赫定一样，亲身面对这片群山时，距我读他的游记已经十年过去了。这是 *2001* 年的夏天，我终于有机会驾车穿越我国东昆仑山脉的阿尔金山国家级自然保护区。

有位科学家在阿尔金山科考后写下过这样的文字：“大自然给予了这个地方严酷的气候条件，却也在这里将千奇百怪的地貌和迥然不同的美景熔于一炉。穿过这片保护区，就等于看遍了大半个地球的‘宽银幕’风景……”

风平浪静、令人心醉的早晨和乌云翻滚、冰雪交加的下午以及难以捱过的狂风肆虐的漫漫长夜——这就是 8 月的阿尔金山保护区复杂严酷的气候。几乎所有敢于穿越阿尔金山的旅人，都会被大自然一次次抛向生命极限的浪谷峰巅……

阿尔金山自然保护区位于东昆仑山北部，西起若羌和且末两县分界线，东至新疆与青海两省区交界处，北到祁曼塔格，南为新疆与西藏分界的东昆仑山脉，东西长三百六十公里，南北宽一百九十公里，总面积达到四万四千九百四十平方公里。

阿尔金山保护区内，四周高山环绕。现代冰川、高原湖泊和高原沙漠与种类繁多的藏野驴、藏羚羊、野牦牛、野骆驼及黑颈鹤、藏雪鸡、白肩雕、玉带海雕等珍禽异兽以及二百四十一种野生植物，编织起了阿尔金山蔚为壮丽的高原奇观。

在维吾尔语中，“阿尔金”就是“金子”的意思。同行的阿尔金山自然保护区的李站长告诉我，曾经有传说，在阿尔金山可以“种金得金”。

从矿物科学的角度来看，其实这传说也并非无稽之谈。在地球的沧海桑田里，当地下岩浆涌出地面快速凝结，岩浆中所含有的不同化学成分经过分选过程，可以形成金的矿脉，其后再经过风化融到沙子里，就会变成沙金。难怪这百年来，阿尔金山曾经涌入数以万计的采金者……

在进入阿尔金山第四天后，祁漫塔格山峰出现在我们面前。这是一群无比壮观的花岗岩山峰，它有四五个足球场那么大，是典型的风蚀地貌形态，迎风面有着巨大的蜂窝石。

祁漫塔格山属于阿尔金山的组成部分，山脉的峰峦常年积雪，远看犹如锯带上雪亮的锯齿。山峰海拔达三千九百米，号称世界上最高海拔的高原沙漠祁漫塔格沙漠与其遥遥相望。蓝天下，沙漠与草原错落有致地盘桓山间，远远望去如两片绿色和黄色的彩毯铺在云端，那种感受十分新奇。

祁漫塔格山脉是中国野生动物种类最丰富、数量也最多的地区。属国家保护的珍稀动物就有野牦牛、藏野驴、藏羚羊、雪豹、盘羊、原羚、棕熊、黑颈鹤、藏雪鸡……

那天抵达祁漫塔格山时，天气还和风煦日。但下午却变了天，高原强劲的狂风无拘无束，剥去地表的尘土，它又挟带着细小的砂石不断敲击祁漫塔格山的岩壁，经年累月，那些坚硬的花岗岩终于也被磨蚀出了密密麻麻的凹坑和洞穴。这些巨大的奇峰怪石崚崚嶒嶒，裸露在强烈的狂风暴雨中，令人感叹人在大自然面前的无力和渺小。

有趣的是，晚上 8 点雨过天晴竟又是阳光灿烂，忽然发现眼前那些奇妙的怪石竟被大自然雕成了栩栩如生的形象，有的像花儿绽开，有的则像树木……我见一头石骆驼，驼峰高耸，昂首抬头，不仅形似，更有几分昂然剽悍的气概，除了天公，我想恐怕再棒的能工巧匠也是雕刻不出来的。

在祁漫塔格山脚下，我们找到了一大群悠闲的藏野驴。这种动物身体的上部呈深棕色，下部呈淡黄白色，分界明显，长期的奔跑使得它的体形十分优美。此时，两群藏野驴会合到一处，初步估算有一千多只！能偶遇如此众多的藏野驴也说明它们处于稳定的生活状态。白天，它们在有水源的地方觅食饮水，晚上成群结队地回到祁漫塔格山，在山中栖息过夜。

其实，无论是一百年前的探险家，还是现在的我们，对于这片保护区都只是一些不速之客，而数十亿年来陪伴着它的云层、沙丘、龙卷风，以及生长于斯的生物，它们在这里自由自在地起舞、生长，它们才是这里真正的主人。

整个阿尔金山的地势由东南向东北倾斜，最高峰是海拔六千九百七十三米、冰雪覆盖的木孜塔格峰，最低点则是北部的阿牙克库木湖。一道巨大的丘陵横亘其间，又将中部的库木库勒盆地分隔成两个“小盆”，两边的风景又是迥然两异、各有千秋。

在阿尔金山，人们得以看到各种各样的地貌：沙丘光滑得如同铺开的缎子；草甸如同一匹细细的丝绒；荒漠的灌木一团一簇地蜷缩着，让荒凉中也呈现出生机勃勃的景象；而由岩溶作用所形成的峰丛、洞穴和裂隙，有的高耸，有的深切……阿尔金山的地貌简直就是一件精彩绝伦的艺术品。

经过漫漫荒漠，当我车子驰近阿牙克库木湖时，我只觉得整个世界都亮了起来：月牙形湖岸环绕着这片八百平方公里的大湖，在阳光的照耀下闪烁着奇异的翠蓝波光，如梦如幻。用“冰清玉洁”来形容它真是再恰当不过了——它是由冰川上的融水灌溉滋润而成。科学家说，大约在两三百万年前的第四纪中，高原上曾出现过几次冰川活动。冰川经过之处，地面被刨蚀成一个个洼地。后来，天气转暖，冰川融化，源源不断地注入洼地，就形成了湖泊。

湖水拍击湖岸，奏出有规律的波声，那真是一种醉人心魄的弦音。

不过这个美丽的阿牙克库木湖却只能远观、不能亵玩，因为它是一片“苦咸湖”：注入它的冰川融水虽然是淡水，但由于常年强烈的日照蒸发，湖中心成了矿化度很高的咸水，在湖岸的碎石堆中，到处可以看到道道白色盐硝。

钻地而出的小沙子泉是雪山融水流入沙漠，又从此处冒出的泉眼。它是世界上最大、海拔最高的沙泉。我从碎石堆中捡起一片零落的羽毛，传说迁徙的候鸟飞到此处，会被这片美丽的湖泊吸引，停下来饮水。苦咸的湖水不能饮用，但鸟儿却被它迷惑，不愿飞走，最后在此地羁留死去，只

留下凋零的羽毛。

库鲁克贝提力克山，是我在阿尔金山自然保护区中感受最震撼的一片山地。“库鲁克贝提力克”在维吾尔语中的意思是“牦牛多得像虱子一样”。在一个阳光灿烂的午后，我们的车子义无反顾地向着这座海拔五千四百五十五米的库鲁克贝提力克山驶去。

刚刚接近山麓，望远镜的镜头中就赫然出现了密密麻麻的小黑点。那是一群浩大的野牦牛正在缓缓移动。在金黄色的宽阔沙坡上，这种威武壮硕的庞然大物疾驰而过，腾起一片烟尘，背后留下长长的零乱的足印。

我们的车子在满是崎岖乱石的山地上疾驰，终于赶上并靠近了它们。我看到在一头领头野牦牛的带领下，有近两百头野牦牛一字排开，正在向山顶缓慢爬去。

野牦牛被称为“高原霸主”。成年的公牦牛身长可达三点三米，肩高一点七米，体重能达到一吨左右；奔驰起来速度极快，力气又大，两只锐利的牛角甚至能将一辆解放牌大卡车顶翻。

一群声势浩大的野牦牛正在缓缓移动。它们是力大无比的高原霸主，具有很强的侵袭性。

同行的向导告诉我，千万不要靠近这些“巨无霸”，它们是非常危险的动物。由于野牦牛喜欢群居，它们又是“一夫多妻制”，成年的雄性野牦牛每年都会进行激烈的争斗，唯一的胜者将会成为“部落酋长”，霸占所有的雌性，而失败者很难再被雌性牦牛接纳，所以只能被驱逐出部落，孤独地度过一生。这些落了单的惨败者由于“满怀仇恨”，所以侵袭性很强。

据说去年保护区里的一名牧民就曾遭遇过一头野牦牛追杀，至今谈“牛”色变。

野牦牛的这种习性实际上是由恶劣的生存环境所决定的。由于高原上水草有限，为了种群的延续，只有最强大的才能延续后代，而弱小者根本不可能得到这样的权利。这也是大自然优胜劣汰的法则。

如果说藏野驴实在可爱，那么最美丽的动物还数藏羚羊。在一碧万顷的蓝天下，雪山像是一块无穷无尽的幕布，藏羚羊舒展着身体的曲线，全速奔跑，不一会儿就能从视线中消失。在海拔五千多米的高原上，许多动物连挪动一步都要喘息不已，而藏羚羊能以六十公里的时速连续奔跑一小时，瞬间时速可达到八十公里，难怪人们称它为“高原的精灵”。

阿管处的官员告诉我们，在藏羚羊的常年集中分布区，每年在非交配季节，雌雄分群而居，互不打扰。每年的 11 月底，就到了藏羚羊的交配季节。而 5 月至 7 月之间，雌性藏羚羊群体将开始一年一度的产羔迁徙。它们要从气候、环境较好的东北部草原和盆地经过长途跋涉，翻越高山，渡过大河，历经千难万险，最终到达昆仑山区木孜塔格峰北部的产羔地。

产羔完毕的藏羚羊群携带着羔羊，从原路返回它们原来的栖息地，开始又一个周期新的生活。而雌性藏羚羊羔也将跟随妈妈往返于迁徙路线，并牢记这条路线，世代相传，生生不息。

如果把我们在阿尔金山的旅程比成一段奏鸣曲，那么到达小沙子湖则奏出了这段乐曲的最高潮。在这片海拔四千七百三十八米的世界最高沙漠上，竟然隐藏着一个人间仙境般的秘密花园。

大自然只有在调色盘里调好各种颜色，才能绘出眼前的景象：冰莹清透的湖水波澜不惊，在它的一侧，沙山柔和地起伏连绵，另一侧则铺展着嫩绿茵润的草甸。远方的雪山高攀入云，大片的云朵在一平如洗的黄沙上投射出影子，而沙山倒映在水中，蓝天倒映在水中，我们也倒映在水中，说不尽风光的旖旎。

生生不息在这片纯洁的土地上，大自然勾勒出绝妙的画卷：洁白的雪线、金黄的沙山、碧绿的草甸，以及沼泽水面上一蓬蓬的水生植物。正是因为此地建立了保护区，所以动植物才能拥有这片原始的居留地，蓬勃成长，生生不息。

沙漠、雪山、湖泊、草甸，这些几乎不可能出现在同一画面中的风景竟然在这里奇妙地融成一体了。

数十只棕头鸥扑打着翅膀，在湖面上飞舞，清脆的鸣叫在寂静的大地回荡，它们将在这里筑巢、产卵、繁育后代。小鼠兔在草甸上一跳一跳，又是悠闲，又是好奇。

TIPS 01

阿尔金山

阿尔金山自然保护区位于阿尔金山南部东昆仑山北部，西起若羌和且末两县分界线，东至新疆与青海两省区交界处，北到阿尔金山南部的祁漫塔格，南为新疆与西藏分界的东昆仑山脉，东西长三百六十公里，南北宽一百九十公里，总面积为四万四千九百四十平方公里。

阿尔金山保护区内，四周高山环绕。现代冰川、高原湖泊和高原沙漠与种类繁多的藏野驴、藏羚羊、野牦牛、野骆驼及黑颈鹤、藏雪鸡、白肩雕、玉带海雕等珍禽异兽，连同二百四十一种野生植物，蔚为高原奇观。

我想斯文·赫定一定会为他没能越过高山的屏障而后悔不迭，他终其一生都认为这里是一片生命禁区。在当时，西方学者曾经断言，此地的植物不会超过五十种。但新的科学考察结果证明，迄今为止，保护区内至少发现了三百三十五种野生动物和二百六十七种野生植物。

在这个短暂的高原盛夏，绽放的野花仿佛要释放出生命中所有的热情：红的补血草花，紫色的紫菀花和镰形棘豆花，黄色的单头亚菊、异叶青兰和长叶顶冰花，白色的帕米尔点地梅，蓝色的微孔草，玫瑰色的刺叶柄棘豆，一片灿烂，在这个深山幽谷中制造出了一个喧闹热烈的夏天。

TIPS 02

库木库里沙漠

除了是“世界上海拔最高的沙漠”之外，库木库里沙漠的魅力更在于那些“沙水共存”的沙子泉。那是一种沙不掩泉，泉涌沙出，沙山与泉眼浑然一体的神奇景观。沙子泉的泉水由沙山凝聚“基岩裂隙水和雪水”补给，然后依沙丘汇聚成一个个新月形水泊。夏季，水泊碧蓝清澈；冬季，封冻结冰，白如银月，可以和敦煌鸣沙山的月牙泉争奇斗艳。

TIPS 03

那棱格勒谷

那棱格勒谷，俗称“魔鬼谷”，位于阿尔金山自然保护区东部的东昆仑山与祁漫塔格山的两山对峙之间，是一段长一百多公里的谷地。这里雨量充沛，气候湿润，牧草茂密，大小湖泊星罗棋布。多年来，这个景色迷人的峡谷，却一直被人们视为“有魔鬼的禁区”。当地牧民甚至宁可让羊饿着，也绝不敢让它们跑进谷里吃草。据目击者说，每当乌云布满天空，隆隆的雷声里，谷中到处都是蓝荧荧的“鬼火”，还不断响起人和动物绝望凄惨的嚎哭声……

图书在版编目（CIP）数据

醉了，戈壁：一个葡萄酒家族的梦想年代 / 刘沙著
. -- 上海：学林出版社，2018.8
ISBN 978-7-5486-1439-5

Ⅰ . ①醉… Ⅱ . ①刘… Ⅲ . ①纪实文学－中国－当代
Ⅳ . ① I25

中国版本图书馆 CIP 数据核字 (2018) 第 178278 号

责任编辑 王婷玉
特约审校 王瑞祥
书籍装帧 钱 禛

醉了，戈壁
—— 一个葡萄酒家族的梦想年代
刘沙 著

出　版 学林出版社
（200235 上海市钦州南路 81 号）
发　行 上海人民出版社发行中心
（200001 上海市福建中路 193 号）
印　刷 上海丽佳制版印刷有限公司
开　本 890×1240　1/32
印　张 7.75
字　数 20 万
版　次 2018 年 8 月第 1 版
印　次 2018 年 8 月第 1 次印刷
ISBN 978-7-5486-1439-5/I.205
定　价 68.00 元